中华传统节日诗词故事

清明·端午

陆 襄 主编 朱福生 编著

上海远东出版社

图书在版编目(CIP)数据

中华传统节日诗词故事．清明·端午/陆襄主编．—上海：
上海远东出版社，2017
ISBN 978-7-5476-1260-6

Ⅰ．①中… Ⅱ．①陆… Ⅲ．①古典诗歌-鉴赏-中国
Ⅳ．①I207.22

中国版本图书馆 CIP 数据核字(2017)第 049613 号

责任编辑 殷卫星
装帧设计 李 廉

清明·端午
陆 襄 主编
朱福生 编著

出 版 上海远东出版社
(200235 中国上海市钦州南路 81 号)
发 行 上海人民出版社发行中心
印 刷 上海信老印刷厂
开 本 850×1168 1/32
印 张 4.625
字 数 61,000
版 次 2017 年 6 月第 1 版
印 次 2020 年 1 月第 2 次印刷
ISBN 978-7-5476-1260-6/G·799
定 价 18.00 元

编者的话

中华传统节日以宏大丰富的内容、绚烂缤纷的色彩展示了我国民族文化的壮丽画卷，寓含了深刻的文化内涵。在我国古代诗词中，与节日有关的作品数量可观，佳作迭现。这些古代诗词以其独特的形式记载了节日习俗的特点，生动地反映了古代人民过这些传统节日时的情形和心情，充分发掘了传统节日的意义，给予传统节日更为丰富的人文情感，丰富了传统节日的内涵，并对后世产生了深远的影响，如“每逢佳节倍思亲”（王维《九月九日忆山东兄弟》）、“爆竹声中一岁除”（王安石《元日》）、“但愿人长久，千里共婵娟”

(苏轼《水调歌头》)等节日名句更是家喻户晓。

2006年,《国务院关于公布第一批国家级非物质文化遗产名录的通知》明确指出,“保护和利用好非物质文化遗产,对于继承和发扬民族优秀文化传统、增进民族团结和维护国家统一、增强民族自信心和凝聚力、促进社会主义精神文明建设都具有重要而深远的意义”;同时,把文化部申报的春节、清明节、端午节、七夕节、中秋节、重阳节等节日正式纳入民俗类非物质文化遗产保护范围。

2008年4月1日,中共上海市科技教育工作委员会、市教委也发出了《关于在本市大中小学广泛开展传统节日教育的通知》。《通知》指出:“中华民族历史悠久,源远流长。中国传统节日凝结着中华民族的民族精神和民族情感,承载着中华民族的文化血脉和思想精华,是维系国家统一、民族团结和社会和谐的重要精神纽带,是建设社会主义先进文化的宝贵资源,是对青少年进行思想道德教育的重要载体。”

2017年,农历丁酉年春节前夕,中共中央办公厅、国务院办公厅,颁布了《关于实施中华优秀传统文化传承发展工程的意见》(简称《意见》),为中华儿女最看重的这一传统节日,增添了一分带有文化亲情的色彩。

文化是民族的血脉,是人民的精神家园。《意见》对增强传统文化生命力、影响力,意义重大。

《意见》坚持创造性变化和创新性发展,使中华民族最基本的文化基因与当代文化相适应、与现代社会相协调,把优秀传统文化贯穿国民教育始终,以此来滋养文艺创作、并将其融入生产生活。根据这一精神,政府将实施一系列继承发展工程,如构建中华文化课程和教材体系、加强国民礼仪教育,推进戏曲、书法、高雅艺术、传统体育进校园,以及推动中华传统节日振兴工程等。

为弘扬民族精神,推动传统节日教育,我们编写了“中华传统节日诗词故事”系列丛书,其中既包括了历代优秀的节日诗词,又介绍了与节日诗词有关的诗词故事,包括节日风俗、诗话词话和文人轶事等。

如果本书能够满足读者需要,在中华优秀传统节日振兴工程中,尽其微薄之力,能让优秀传统节日文化活起来,传下去,我们将深感荣幸。

目　录

清明

【扩展阅读】

端午

【扩展阅读】

中华传统节日诗词故事

清　明

节日来源

清明是二十四节气之一,《淮南子·天文训》云:"春分后十五日,斗指乙,则清明风至。"按农历算在三月上半月,按阳历算则在每年四月五日或六日。由于二十四节气比较客观地反映了一年四季气温、降雨、物候等方面的变化,所以古代劳动人民用它安排农事活动。清明一到,气温升高,雨量增多,正是春耕春种的大好时节。可见这个节气与农业生产有着密切的关系。《月令七十二候集解》:"物至此时,皆以洁齐而清明矣。""清明"由此得名。后来又发展为传统节日,也是二十四节气中的唯一节日。作为节日,它与通常所说的节气又有所不同,节日包含着一定的风俗活动和某种纪念意义。清明节是我国最重要的祭奠性节日,其主要含义就是祭祖和扫墓。直到今天,清明节祭拜祖先、悼念已逝的亲人的习俗仍很盛行。

《国务院关于修改〈全国年节及纪念日放假办法〉的决定》将清明节列入法定节日,放假一天。

节日风俗

1. 祭祖扫墓

清明节是我国传统节日，也是最重要的祭祀节日，是祭祖和扫墓的日子。扫墓俗称上坟，是祭祀死者的一种活动。汉族和一些少数民族大多在清明节扫墓。

按照旧的习俗，扫墓时，人们要携带酒食果品、纸钱等物品到墓地，将食物供祭在亲人墓前，再将纸钱焚化，为坟墓培上新土，折几枝嫩绿的新枝插在坟上，然后叩头行礼祭拜，最后吃掉酒食回家。

2. 清明新火

寒食禁烟，也就是要把火熄灭。到清明节时再重新起火。所取之火便叫新火。在唐代及以前，换新火是依等级分阶层进行的。宫廷在清明取榆柳火种赐给近臣贵戚，唐代韩翃《寒食》“日暮汉宫传蜡烛，轻烟散入五侯家”说的就是这件事。

3. 踏青郊游

清明节，又叫踏青节，按阳历来说，它是在每年的4月4日至6日之间，正是春光明媚、草木吐绿的时节，也正是人们春游（古代叫踏青）的好时候，所以古人有清明踏青并开展一系列体育活动的习俗。

4. 放风筝

《帝京岁时纪胜》记载：“清明扫墓，倾城男女，纷出四郊，提酌挈盒，轮毂相望。各携纸鸢线轴，祭扫毕，即于坟前施放较胜。”古人还认为清明的风很适合放风筝。专家指出，在古时放风筝不但是一种游艺活动，而且是一种巫术行为：人们认为放风筝可以放走自己的秽气。所以很多人放风筝时，将自己知道的所有灾病都写在纸鸢上，等风筝放高时，就剪断风筝线，让纸鸢随风飘逝，象征着自己的疾病、秽气都让风筝带走了。

节日诗词

题都城南庄

［唐］崔　护

去年今日此门中，人面桃花相映红[①]。
人面不知何处去，桃花依旧笑春风[②]。

【注释】

① 人面：一个姑娘的脸。下一句“人面”代指姑娘。

② 笑：形容桃花盛开的样子。

【今译】

去年的今天就是在这院门里，

姑娘的脸庞和桃花相互映衬。

如今那姑娘不知到哪里去了，

只有桃花依旧在春风中盛开。

【鉴赏】

这首诗是唐代诗人崔护写自己在城南游玩时遇到的一件事。

四句诗包含着去年、今年两个场景相同、相互映照的场面。第一个场面：寻春遇艳。“去年今日此门中，人面桃花相映红。”“人面桃花相映红”，不仅为艳若桃花的“人面”设置了美好的背景，衬出了少女光彩照人的面影，而且含蓄地表现出诗人目注神驰、情摇意夺的情状，和双方脉脉含情、未通言语的情景。通过这最动人的一幕，可以激发起读者对前后情事的许多美丽想象。第二个场面：重寻不遇。还是春光烂漫、百花吐艳的季节，还是花木扶疏、桃柯掩映的门户，然而，使这一切都增光添彩的“人面”却不知何处去，只剩下门前一树桃花仍旧在春风中凝情含笑。桃花在春风中含笑的联想，本从“人面桃花相映红”得来。去年今日，伫立桃柯下的那位不期而遇的少女，想必是凝眸含笑，脉脉含情的；而今，人面杳然，依旧含笑的桃花除了引动对往事的美好回忆和好景不长的感慨以外，还能有什么呢？“依旧”二字，正含有无限怅惘。

整首诗以“人面”、“桃花”作为贯串线索，通过“去年”和“今日”同时同地同景而“人不同”的映照对比，把诗人因这两次不同的遇合而产生的感慨，回环往复、曲折尽致地表达了出来。对比映照，在这首诗中起着极重要的作用。因为是在回忆中写已经失去的美好事物，所以回忆便特别珍贵、美好，充满感情，这才有“人面桃花相映红”的传神描绘；正因为有那样美好的记忆，才特别感到失去美好事物的怅惘，因而有“人面不知何处去，桃花依旧笑春风”的感慨。

诗词故事

游城南崔护题诗

据唐代孟棨的《本事诗》说，贞元年间，诗人崔护住在长安。他一连参加几次科举考试，都没有考中，心里挺不痛快。这年清明节，他独自一人到城南去散散心，不知不觉进了一个村子。这时，他觉得口渴了，就敲了一家的门，要口水喝。开门的是个非常漂亮的女子，亲手为他捧出一碗水。他喝得心里很畅快。

这女子给他印象非常好，也非常深刻。第二年清明节，崔护又到了这家门前。只见门户还是去年的样子，但上着锁，他想念的女子不知哪里去了。于是，在左边那扇门上题了一首诗：去年今日此门中，人面桃花相映红。人面不知何处去，桃花依旧笑春风。

过了些日子，他放心不下，又来看看。有一位老人开门迎接他。当老人知道崔护就是写诗的人，便对他说："前些日子，我女儿回家，读了门上的诗。后来得了病，已经死了。"

崔护十分难过，请求让他进屋去看看，老人答应了。崔护看见那女子还在床上，就流着泪哭道："你睁开眼看看，我在这儿，我在这儿呀！"一会儿，竟出现了奇迹：那女子睁开眼睛，又复活了。老人欣喜若狂，就把女儿嫁给了崔护。

这对年轻夫妇，日子过得很幸福，崔护也考中了进士，后来当了岭南节度使。

节日诗词

清 明

[唐]杜 牧[①]

清明时节雨纷纷,路上行人欲断魂[②]。
借问酒家何处有[③]?牧童遥指杏花村[④]。

【注释】

① 杜牧(803—852):字牧之,京兆万年(今陕西西安)人。唐代著名诗人。

② 断魂:形容凄迷哀伤的心情。

③ 借问:请问。

④ 遥指:指着远处。

【今译】

清明节的时候细雨纷纷下个不停，
给外出行旅之人平添了不少愁绪。
我打听一下哪里有酒店喝酒消愁，
牧童指着远处那杏花开放的村庄。

【鉴赏】

这首诗描写清明时节的天气特征，抒发了孤身行路之人的情绪和希望。

清明时节，天气多变，有时春光明媚，花红柳绿，有时却细雨纷纷，绵绵不绝。首句用“清明”点出时令，用“雨”写出环境和气氛。“纷纷”二字既描绘了春雨的意境，又写出了雨中行人的烦郁心情。“雨纷纷”，境界迷茫，令人惆怅。诗人在这里运用了寓情于景、情景交融的艺术手法。次句“路上行人欲断魂”写行路人的心境。“断魂”，指内心十分凄迷哀伤而并不外露的感情。这位行人为何“欲断魂”呢？因为清明在我国古代是个大节日，照例该家人团聚，一起上坟祭扫，或踏青游春。现在这位行人孤身一人，在陌生的地方赶路，心里的滋味已不好受，偏偏又淋了雨，衣衫全被打湿，心境就更加凄迷纷乱了。

如何排遣愁绪呢？于是第三句一转，提出“酒家何处有”。行人自然想：最好在附近找个酒家，一来歇歇脚，避避雨，二来饮点酒，解解寒，更主要的可借酒驱散心中的愁绪。于是他问路了：“借问酒家何处有？”问谁，没有点明。末句“牧童遥指杏花村”中的“牧童”二字，既是本句的主语，又补充说明上句问的对象。牧童的回答以行动代替回话，比答话还要鲜明有力，真乃“此时无声胜有声”。行人顺着他手指的方向望去，只见在一片红杏盛开的树梢，隐隐约约露出了一个酒望子（古代酒店的标帜）。“遥指”二字，用得十分精妙，妙就妙在这不远不近之间。诗到这里戛然而止，至于行人如何闻讯而喜，兴奋地赶上前去，找到酒店饮上几杯，获得了避雨、解寒、消愁的满足等等，都留待读者去想象。

这首诗意境优美，清新自然，耐人寻味，富有感染力，是一首脍炙人口的好诗。

诗词故事

杜牧诗酒杏花村

“杏花枝上著春风，十里烟村一色红。欲问当年沽酒处，竹篱西去小桥东。”这是明朝诗人沈昌写的《杏花村》诗。这首诗写的就是当年池州（今安徽省池州市）刺史杜牧清明节路途遇雨的事情。

杜牧是晚唐时期的大诗人，家在长安，却长年在外做地方官。会昌四年（844）九月，他从黄州调到池州任刺史。清明节那天，他正好外出，不巧就遇到了绵绵不断的雨。清明的雨，说大不大，说急不急，却是迷迷蒙蒙的，在凄冷的风里交织成纷乱一片。杜牧心想，这清明节，本该是回去和家人团聚，一起去扫墓，或踏青游春的；现在孤单单的一个人走在这无边无际的雨中，这叫人如何忍受得了。走着走着，杜牧想，不如先去找家酒店，喝两杯酒，既暖暖身子，也避避雨。可是这雨中到哪里去找酒店呢？正想着呢，从树林边转出一头牛来，那牛背上坐着一个小孩。这小孩肯定知道什么地方有酒家，杜牧想着，就走上前去问那小孩。那牧童只把手一指，杜牧顺着他指的方向看过去，只见前面一片朦胧中，隐隐约约有个杏花环抱的村庄。有村庄就有酒店，杜牧一想，就兴冲冲地朝杏花村走去。在酒店里，杜牧一面喝着酒，一面回想起刚才问路的一幕，那牧童遥指的形象着实可爱。想到这里，就情不自禁地吟出一首诗来，这就是著名的《清明》诗。

节日诗词

长安清明

[唐]韦　庄

蚤是伤春梦雨天[①],可堪芳草更芊芊[②]。
内官初赐清明火[③],上相闲分白打钱[④]。
紫陌乱嘶红叱拨[⑤],绿杨高映画秋千。
游人记得承平事[⑥],暗喜风光似昔年。

【注释】

① 蚤:通“早”。

② 可堪:哪堪,如何经受得了。芊芊:草木茂盛的样子。

③ 内官：指后宫嫔妃、六仪、美人、才人等。赐清明火：唐时惯例，宫廷在清明取榆柳火种赐给近臣贵戚。

④ 上相：本是对宰相的尊称，此处泛指大臣。白打：蹴踘戏的一种形式，两人对踢为白打，三人角踢为官场，胜者有彩。王建《宫词》："寒食内人长白打，库中先散与金钱。"

⑤ 红叱拨：名马名。唐天宝中，西域进汗血马六匹，分别以红、紫、青、黄、丁香、桃花叱拨为名，见宋李石《续博物志》。

⑥ 承平：治平相承，指太平之时。

【今译】

接连几天的如梦春雨令人伤感，
怎忍看芳草无知，长得更茂盛。
宫中刚把清明的新火赐给大臣，
大臣们闲看蹴鞠，奖赏优胜者。
骏马在京都郊野的道路上嘶叫，
高大的绿杨树上秋千荡在蓝天。

游人至今还记得太平时的盛事，
暗暗高兴的是风光和昔年相似。

【鉴赏】

此诗作于唐末历经黄巢、李克用之乱后，作者重返长安之时。首联描写重游故地之日，清明蒙蒙细雨，使人伤春，而芳草却不知人心意，绵绵茂盛。中二联回顾承平之世清明盛事。历来清明之日取新火，《周礼》记载有“四时变新火”，春取榆柳之火，夏取枣杏之火，季夏取桑柘之火，秋取柞楢之火，冬取槐檀之火。唐朝宫廷只在清明日取榆柳火种赐给近臣贵戚。近臣们对踢蹴鞠，胜出之人可得奖赏。这二者都是清明宫廷通常的节目，汗血骏马在京郊的道路上嘶号，绿杨之间悬挂着高高的秋千。这些场景使旧地重游的诗人感到往事还历历在目，景色依旧，使他欣喜。而“暗喜”对应首联“可堪”，却可见作者触景感怀：清明风光恍然如昨，而乱离之后长安已物是人非，升平不再。

诗词故事

清明改新火

按照寒食节的习俗，寒食节要禁烟，也就是要把火熄灭。古代生火并不容易，因此要保留火种。但是人们又担心使用烧得太久的火会致病，于是经常要灭旧火，改新火。《周礼》记载有“四时变新火”，春取榆柳之火，夏取枣杏之火，季夏取桑柘之火，秋取柞楢之火，冬取槐檀之火。后来改成一年一次的寒食节改火。所取之火便叫新火。有人说，寒食的实质在改火。那么，换新火便是有神圣意味之事。在唐代及以前，换新火是依等级分阶层进行的。宫廷在清明取榆柳火种赐给近臣贵戚，唐代韩翃《寒食》“日暮汉宫传蜡烛，轻烟散入五侯家”、韦庄《长安清明》“内官初赐清明火”、宋代黄昇《南柯子·丁酉清明》“天上传新火”，都是说的这件事，而且在当时，还是很荣耀的事。

民间取火，当然就没有那么烦琐了。到了清明时候，就生火了。宋代王禹偁《清明》“昨日邻家乞新火，晓窗分与读书灯”，就是从邻居家引来新火就行了。

张继《阊门即事》:“试上吴门窥郡郭,清明几处有新烟?”这首诗写在安史之乱时期,战事连连,民生必然凋敝;民不聊生,兵祸又将迭起。耕夫都被征去作战,田园荒芜。因此虽然是清明生火的时候,但没有几家能够有烟火。

节日诗词

木兰花慢

[宋]柳 永

拆桐花烂漫[1],乍疏雨、洗清明。
正艳杏烧林,缃桃绣野[2],芳景如屏。
倾城,尽寻胜赏[3],骤雕鞍绀幰出郊坰[4]。
风暖繁弦脆管[5],万家竞奏新声。

盈盈,斗草踏青[6]。人艳冶,递逢迎。
向路旁往往,遗簪堕珥[7],珠翠纵横。
欢情,对佳丽地,信金垒罄竭玉山倾[8]。
拚却明朝永日[9],画堂一枕春酲[10]。

【注释】

① 拆桐花：指桐花正开。拆：裂开，绽开。

② 缃桃：开浅黄色花的桃树。

③ 尽寻胜赏：寻找名胜之地游赏。

④ “骤雕鞍”句：意指华美的马车奔驰出郊。骤：马奔驰。雕鞍：刻有花纹的马鞍，这里代指马匹。绀幰：天青色的车幔，这里代指车辆。郊坰：郊野。

⑤ 繁弦脆管：指纷繁清亮的乐曲声。

⑥ 斗草：古代的一种游戏，以花草配对来赌胜。

⑦ 遗簪堕珥：遗落的发簪、耳环等。

⑧ 信：听凭。金垒：酒器。罄：尽。玉山倾：醉倒。古人用“玉山”代指美男子，《世说新语·容止》形容嵇康之醉态“傀俄若玉山之将崩”。

⑨ 明朝永日：明日一整天。

⑩ 春酲（chéng）：春醉。

【今译】

紫色的桐花在清明时应节而开，

一阵疏雨过后，空气更加清新。
红艳杏林如火，浅黄桃花似锦，
那美丽的景色就像打开的屏风。
骑着漂亮的马，坐着豪华的车，
全城的人都来到郊外寻胜赏花。
和暖的春风里传来动听的音乐，
大家竞相演奏最新谱写的乐曲。

体态轻盈的女子正在斗草踏青，
她们打扮妖艳，与人热情交往。
看她们嬉戏的路旁，到处都是
遗落的发簪耳环、珍珠和翡翠。
佳丽之地，人们尽情释放欢乐，
喝尽樽里美酒，醉如玉山将倾。
拼着明天在画堂睡上个一整天，
今天仍要喝个痛快，一醉尽兴。

【鉴赏】

柳永的这一首词正是描写清明节人们踏青冶游

的盛况。

词首先描述清明时城郊艳丽优美的春日景色。起笔点明时令。紫桐即油桐树，三月初应信风而开紫白色花朵，因先花后叶，故繁茂满枝，最能标志郊野清明的到来。作者选择了“艳杏”和“缃桃”等富于艳丽色彩的景物，使用了“烧”和“绣”这两个具有雕饰工巧的动词，以突出春意最浓时景色的鲜妍犹似画屏之美。

以下进入游春活动的描述。“倾城，尽寻胜赏”，是对春游盛况作总的勾勒。人们带着早已准备好的熟食，男骑宝马，女坐香车，到郊外去领略大自然的景色，充分享受春天的欢乐。上阕结尾两句，以万家之管弦新声大大地渲染了节日的气氛。我们从《清明上河图》可见到汴京城郊也有酒肆歌楼，更有许多高宅深院，当然柳永笔下略有夸张。

词的下阕着重表现郊游的欢乐，柳永这位风流才子往往将注意力集中于艳冶妖娆、珠翠满头的市井时髦妇女和歌伎们。在这富于浪漫情调的春天郊野，她们的欢快与放浪，在作者看来是为节日增添了浓郁的趣味和色彩，而事实上也如此。“盈盈”，以女性的轻盈体态指代妇女，这里兼指众多的妇女。她们占芳寻胜，玩着传统的斗草游戏。踏青中最活跃的还是那些歌伎舞女们。她们艳冶出众，频频与人们招呼交往。作者以“向路旁往往，遗簪堕珥，珠翠纵横”，衬出当日游人之众，排场之盛。同时也暗示这些游乐人群的主体是豪贵之家。这是全词欢乐情景的高潮。继而词笔变化，作者又以肯定的语气，设想欢乐的人们，在佳丽之地饮尽樽里的美酒，陶然大醉，犹如玉山之倾倒。词的结尾，进一步想象：这些欢乐的人们定是拼着明日醉卧画堂，今朝则非尽醉不休。下阕后半的虚写使全词在结构上产生一些变化，不致因过多的实写而显得呆滞；同时又巧妙地表示了一天欢游的结束，有头有尾。

柳永所描绘的清明节欢乐场面是热闹的，只有在升平富庶的时代才可能出现。作者虽有不如意之时，但在这首词里却由衷地通过对人们欢乐的描述表现出社会的升平气象，从而赞美了他所处的时代。词里虽用了少数典雅的词字，但从整篇的语言和表现形式来看仍是较为通俗的，因此能在两宋社会上广泛地为人们传唱。

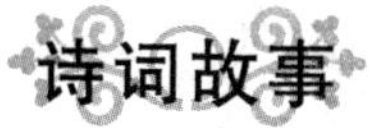

诗词故事

清明花信认桐花

“花开花落自有时，节令变幻风先知。一节一气分三候，二十四花从不迟。”古代有二十四番花信之说，宋朝周辉《清波杂记》卷九中有：“江南自初春至首夏，有二十四番风信，梅花风最先，楝花风居后。”颜子俞《清平乐·留王静得》词中有：“尊前不尽余情，都上鸣弦细声。二十四番风后，绿阴芳草长亭。”

这二十四番花信与二十四节气有关。每年春日，自小寒至谷雨，一百二十日，八个节气，我国古代以每五日为一候，计二十四候，人们在每一候内开花的植物中，挑选一种花期最准确的植物为代表，应一种花信，这就是二十四番花信风。所谓花信风，就是指某种节气时开的花，因为是应花期而来的风，所以叫信风。人们挑选一种花期最准确的花为代表，叫做这一节气中的花信，意即带来开花音讯的风候。

这二十四番花信是：

小寒：一候梅花、二候山茶、三候水仙；

大寒：一候瑞香、二候兰花、三候山矾；

立春：一候迎春、二候樱桃、三候望春；

雨水：一候菜花、二候杏花、三候李花；

惊蛰：一候桃花、二候棣棠、三候蔷薇；

春分：一候海棠、二候梨花、三候木兰；

清明：一候桐花、二候麦花、三候柳花；

谷雨：一候牡丹、二候酴醾、三候楝花。

按照二十四番花信的说法，清明三信是桐花、麦花、柳花。桐花是清明的标志，即所谓“花信风”。由此我们不难知道古代清明诗中常常写到桐花的道理了。如白居易《桐花》诗说“春令有常候，清明桐始发”。白居易《寒食江畔》诗说：“忽见紫桐花怅望，下邽明日是清明。”这意思是说，看到紫桐花，就意识到是清明时候了。权德舆《清明日次弋阳》云：“自叹清明在远方，桐花覆水葛溪长。家人定是持新火，点作孤灯照洞房。”欧阳修《清明赐新火》：“桐花应候催嘉节，榆火推恩忝侍臣。”柳永《木兰花慢》一开头就说：“拆桐花烂漫，乍疏雨、洗清明。”辛弃疾《满江红·暮春》词：“家住江南，又过了清明寒食。算年年落尽刺桐花，寒无力。”也是以“桐花”照应“清明”。

节日诗词

破 阵 子[①]

［宋］晏 殊[②]

燕子来时新社[③]，梨花落后清明[④]。

池上碧苔三四点[⑤]，叶底黄鹂一两声[⑥]。
日长飞絮轻[⑦]。

巧笑东邻女伴[⑧]，采桑径里逢迎[⑨]。

疑怪昨宵春梦好[⑩]，元是今朝斗草赢[⑪]。
笑从双脸生[⑫]。

【注释】

① 破阵子：词牌名。

② 晏殊(991—1055):字同叔,临川(今属江西)人。宋代著名词作家。

③ 新社:即春社,指立春后第五个戊日,是祭祀土神的节日,时间在春分前后。相传燕子这时从南方飞来。

④ “梨花”句:梨花落掉后,清明节就来到了。

⑤ 碧苔:碧绿色的苔草。

⑥ 叶底:树叶里。黄鹂:黄莺。黄莺叫的声音很清脆。

⑦ 日长:白天的时间长了。飞絮:飘荡着的柳花。

⑧ 巧笑:笑得很美。

⑨ 采桑径:桑田里的小路。逢迎:相遇。

⑩ 宵:夜里。

⑪ 元是:原来是。斗草:古代妇女常采草进行赌赢输,作为游戏。

⑫ 双脸:指双颊。

【今译】

春社日燕子归来,梨花落去清明到。

绿水荡漾的池塘，点缀着几点青苔。
枝叶扶疏的树林，传来黄鹂的叫声。
白天渐渐变长了，轻轻柳絮随风扬。
采桑路上传笑声，两个采桑女相遇。
昨夜做了个好梦，今天斗草就赢了。
姑娘青春的脸庞，就像开了两朵花。

【鉴赏】

此词通过清明时节的一个生活片断，反映出少女身上显示的青春活力，充满着一种欢乐的气氛。全词纯用白描，笔调活泼，风格朴实，形象生动，展示了少女的纯洁心灵。

燕子归来，梨花落去，清明节到来了。按民族“花历”，有二十四番花信风，自小寒至谷雨，每五日为一花信，每节应三信有三花开放；按春分节的三信，正是海棠花、梨花、木兰花。梨花落后，清明望。词人写时序风物，一丝不苟。

在这暮春时节，景色格外美丽动人：绿水荡漾的池塘上，点缀着几点青苔；枝叶扶疏的林子里，不时地传来几声黄鹂的鸣叫声，显得格外幽静。在漫长的白天，只有轻轻柳絮在随风飘荡。清明的花信三番又应何处？那就是桐花、麦花与柳花。所以词人接着写的就是“日长飞絮轻”。这实际上是因为时序推迁，触人思绪。

忽然采桑的路上传来了银铃般的笑声，原来有两个采桑的姑娘正好在这里遇到了。一见面，西邻女就问东邻女：“你今天怎么这样高兴？夜里做了什么好梦了吧！快说来听听！”东邻女笑道：“莫胡说！我是因为刚才和她们斗草时赢了她们！”“不过，”东邻女又说，“我昨晚是做了一个好梦，没有想到，这个好梦就保佑了我成了斗草的赢家。”说到这里，东邻女的脸又笑成了一朵花。那青春亮丽的笑容洋溢在明媚的春光里，使春天更加显得生机勃勃。

采桑女陌上相逢的神情话语，都被大词人晏殊看在眼里，听在耳里。他显然被采桑女的青春活力和欢乐友情感染了。所以此词写得明丽清婉，秀润无伦，无迹可寻；迨至末句，收足全篇，神理尽出，天时人事，物态心情，全归于此。

诗词故事

清明斗草赌赢输

斗草是古代女孩子经常玩的游戏。《荆楚岁时记》:"五月五日,四民并踏百草,又有斗百草之戏。"但是实际上,寒食、清明时,斗草之风就兴起了。如何玩,似乎没有见到专门解说或描写,但是翻开古诗词,"斗草"之声就不绝于耳。如白居易《观儿戏》诗云:"弄尘或斗草,尽日乐嬉嬉。"感觉上,宋朝女孩子更喜欢斗草。如晏殊《破阵子》说:"巧笑东邻女伴,采桑径里逢迎。"柳永《木兰花慢》也说:"盈盈,斗草踏青。人艳冶,递逢迎。"李清照《浣溪沙》:"淡荡春光寒食天,玉炉沉水袅残烟,梦回山枕隐花钿。海燕未来人斗草,江梅已过柳生绵,黄昏疏雨湿秋千。"这都是在寒食、清明期间的。暮春三月,江南草长,因而,斗草大概也就从寒食、清明开始吧。吴自牧《梦粱录》卷一:"二月朔,谓之中和节……禁中宫女,以百草斗戏。"和诗词作品中的反映也是相吻合的。

据说斗草是以实际的或想象中的花草一种拿出

或说出，相互比赛。《红楼梦》第六十二回《憨湘云醉眠芍药茵　呆香菱情解石榴裙》中有一段话说到斗草，虽然不是解说，但是可以看到她们斗草的情形："外面小螺和香菱，芳官，蕊官，藕官，豆官等四五个人，都满园中顽了一回，大家采了些花草来兜着，坐在花草堆中斗草。这一个说：'我有观音柳。'那一个说：'我有罗汉松。'那一个又说：'我有君子竹。'这一个又说：'我有美人蕉。'这个又说：'我有星星翠。'那个又说：'我有月月红。'这个又说：'我有《牡丹亭》上的牡丹花。'那个又说：'我有《琵琶记》里的枇杷果。'豆官便说：'我有姐妹花。'众人没了，香菱便说：'我有夫妻蕙。'豆官说：'从没听见有个夫妻蕙。'香菱道：'一箭一花为兰，一箭数花为蕙。凡蕙有两枝，上下结花者为兄弟蕙，有并头结花者为夫妻蕙。我这枝并头的，怎么不是？'"分析一下，可以知道，首先是各自采一些草来（这意味着不是凭空说），然后来斗。香菱说"我这枝并头的，怎么不是"，看来是拿实物的，但不一定就是和说的相同的花草。说的时候，我们也能看到，她们说的花草名称具有对偶的特点。对不上来了，也就输了。后来香菱没有说的了，于是就强词夺理起来。北京故宫博物院藏有《群婴斗草图》，画的是孩童间的斗草游戏。这种斗草，以斗韧性为常见，即各取一段草茎或叶茎，然后相互交叉成“十”字状并各自用劲拉扯，以不断者为胜。这就比较简单了。

节日诗词

和孔密州东栏梨花[①]

［宋］苏　轼

梨花淡白柳深青，柳絮飞时花满城[②]。
惆怅东栏一株雪[③]，人生看得几清明！

【注释】

① 孔密州：即孔宗翰，字周翰。苏轼于熙宁九年(1076)冬罢密州任，孔宗翰继任知州，是苏轼的后任，故称“孔密州”。熙宁十年(1077)四月苏轼到徐州任，作此诗寄孔。这是苏轼《和孔密州五绝》中的第三首。

② 花满城：指柳絮漫天飞舞时，梨花已经开遍

全城。

③ 雪：这里是比喻梨花如雪。

【今译】

梨花开出淡白色的花，柳叶已变成深青色。

等到柳絮漫天飞舞时，梨花已经开遍全城。

东栏梨花如雪般晶莹，让人不由感慨万千。

一个人能有多长生命，能在清明赏此梨花。

【鉴赏】

这是一首因梨花盛开而感叹春光易逝、人生如寄的诗篇。

首句以“淡白”状梨花，以“深青”状柳叶，不但精确地把握住了春末夏初梨花、柳叶的特征，而且已暗含伤春之感，因为初春柳叶初发时是嫩绿色，梨花已盛开，柳叶已深青，说明春天已一去不返了。

第二句是前句的回复，以“柳絮飞”应“柳深青”，以“花满城”应“梨花淡白”。但读起来并不觉得重复，反而觉得更有情致，伤春之情更浓，这是因为第一句写梨花、柳叶之色，第二句写梨花盛开、柳絮纷飞之状，而回复的句式又加重了抒情色彩。

明人郎瑛认为，既云“梨花淡白”，又云“一株雪”，重言相犯，主张改“梨花淡白”为“桃花烂漫”。俞樾反驳说：“此真强作解事者！首句‘梨花淡白’即本题也，次句‘花满城’本承‘梨花淡白’而言。若易首句为‘桃花烂漫’，则‘花满城’当属桃花，与‘惆怅东栏一株雪’了不相属，且是咏桃花，非复咏梨花矣。此等议论，大是笑柄。”（《湖楼笔谈》卷五）其实，郎瑛要把“梨花淡白”改为“桃花烂漫”是毫无道理的。不仅是“桃花烂漫”属于无中生有，而且诗意情调都受到彻底的破坏，由梨花杨柳组成的画面，一插进“桃花”就变味了，清新淡雅的诗意也就没有了。

正因为第一二句已暗含伤春之感，因此第三句即以“惆怅”二字开头，“东栏一株雪”即指“东栏梨花”。末句补足前句，正是“惆怅”的内容。最后两句化用杜牧《初冬夜饮》“砌下梨花一堆雪，明年谁此凭栏干”的诗意，但感慨更加深沉。

诗词故事

张耒爱读《梨花》诗

宋洪迈《容斋随笔》:“(张耒)好诵东坡《梨花》绝句,所谓‘梨花淡白柳深青,柳絮飞时花满城。惆怅东栏一株雪,人生看得几清明’者,每吟一过,必击节赏叹不能已,文潜盖有省于此云。”张耒本是苏轼的弟子,不过,他读苏轼的《梨花》绝句,还是与众不同,每读一遍,都会赞叹不已。这就令人觉得奇怪,洪迈的推测是“盖有省于此”,也就是对此诗有独特的会心。

陆游对张耒的态度似乎不太理解,他在《老学庵笔记》中说:“东坡绝句云:‘梨花淡白柳深青,柳絮飞时花满城。惆怅东栏一株雪,人生看得几清明!’绍兴中,予在福州,见何晋之大著,自言尝从张文潜游,每见文潜咏此诗,以为不可及。余按杜牧之有句云:‘砌下梨花一堆雪,明年谁此凭栏干?’东坡固非窃牧之诗者,然竟是前人已道之句,何文潜爱之深也,岂别有所谓乎?”陆游认为,苏轼“惆怅东栏一株雪,人生看得几清明”是借鉴杜牧《初冬夜饮》中的两句诗“砌下梨花一堆雪，明年谁此凭栏干”。虽说这两首诗不同，也不能简单地说苏轼就是抄袭杜牧的，但是这个意思毕竟人家已经说过了，似乎不值得那样赞叹不绝。他也猜想，张耒是不是还有什么别的想法，即“别有所谓”。

但是细辨这两首诗，区别还是颇为明显的。杜牧“砌下梨花一堆雪，明年谁此凭栏干”，是说今年是我在这里看这梨花，明年靠在这栏杆边上看这梨花的人又会是谁呢？显然不是我。明年的这时，我还不知道在哪里呢？这是一种物是人非的感伤。苏轼“惆怅东栏一株雪，人生看得几清明”不是说自己明年不知在何处，而是说，人的一辈子，能有几次看到这个梨花呢？苏轼借此抒发的感慨是“人生有限”，以此锻造出“人生看得几清明”的名句，让人于吟赏之时产生更多的人生感触。显然两人说的、想的是不同的。也不排除，苏轼读了杜牧诗之后，觉得杜牧还没能把他的想法表达出来，于是就写了这首诗。

节日诗词

清　明

［宋］黄庭坚

佳节清明桃李笑①，野田荒垄自生愁②。
雷惊天地龙蛇蛰③，雨足郊原草木柔。
人乞祭余骄妾妇④，士甘焚死不公侯⑤。
贤愚千载知谁是⑥，满眼蓬蒿共一丘⑦。

【注释】

① 桃李笑：形容桃花、李花盛开。

② 垄：田埂。

③ 蛰：动物冬眠。

④“人乞”句：用的是《孟子》中的一个寓言，讲的是齐人在坟墓前乞求祭品充饥，反而在其妻妾面前夸耀有富人请他喝酒。

⑤“士甘”句：用的是春秋时的一个典故。志士介子推不贪公侯富贵，宁可被火焚死也不下山做官。

⑥是：对，正确。

⑦蓬蒿：此指杂草。

【今译】

清明时节，桃李含笑盛开，
但野田荒垄却是一片凄凉。
雷声震天惊醒蛰伏的龙蛇，
雨水充足，郊野草木柔嫩。
齐人乞求祭品，回家炫耀，
介子推宁被焚死不贪公侯。
悠悠千载，贤愚混杂难分？
最后都埋进长满野草荒坟。

【鉴赏】

清明，历来是扫墓的节日。黄庭坚这首《清明》，一开头便不同凡响。清明情调在他笔下，并不像他人的一味哭哭啼啼，而是表现为两个侧面的同时并写：就其浓春烟景而言，桃李是欣欣而笑；就其属于扫墓时节而言，却又使人联想到野田荒垄，发生死之悲。一笑一愁，互为对衬。由此可见，诗人对大自然生机一贯是兴趣盎然，并不因眼下遭遇逆境而为之索然。同时，他毕竟是一贬再贬，身处荒陲，何况又是以衰老之身，逢此清明佳节，又如何能不激起有感于死生大限的心灵颤动？

以下两联分承“佳节清明”和“野田荒垄”，表现了他的复杂心情。领联的“雷惊天地龙蛇蛰，雨足郊原草木柔”，极写春气发动给宇宙带来的蓬勃生意。春雷起蛰，万物复苏，得其壮美；春雨充沛，润物无声，得其优美。但总的说来，却都是“佳节”的最好说明。至于颈联的“人乞祭余骄妾妇，士甘焚死不公侯”，则又改变了上文情调，不再是春天的赞歌，而是从“野田荒垄”一路浮想开去，运用对比方式，展开了对人生丑恶的挞伐。齐人乞讨祭余酒肉吃不算，还要恬不知耻地回家向妻妾炫耀。这就分明是指向蔡京、赵挺之献媚的陈举之流的卑鄙小人了。与此相反，像晋国介子推那样的人物，甘愿烧死在绵山之中而不愿出山，其骨格之重又是如此！这是黄庭坚的自况，也包括对那些受到所谓“新党”迫害而决不改其操守的同道的赞美。一贤一愚，在其笔下，原来是泾渭分明，但结尾为何却显得迷惘起来呢？深一层看，并非迷惘，“贤愚千载知谁是，满眼蓬蒿共一丘”，这固然有无论贤愚，最后都不免同归荒冢的意思，但更主要的内容是对当时小人当道、政治黑暗的深深愤慨。这和屈原所说的“世混浊而不分兮，好蔽美而称恶”(《离骚》)具有相通的地方。屈原说的美恶混淆，正是作者说的贤愚不分。

诗词故事

清明扫墓

扫墓本是寒食的节目，最初可能是为了纪念介子推，后来相沿成习，成为普通百姓的习俗。唐代寒食扫墓是很普遍的，白居易《寒食野望吟》："乌啼鹊噪昏乔木，清明寒食谁家哭。风吹旷野纸钱飞，古墓垒垒春草绿。棠梨花映白杨树，尽是死生别离处。冥冥重泉哭不闻，萧萧暮雨人归去。"写的就是扫墓的事情。据《唐明皇诏》云："寒食上墓，礼经无闻，近代相承，渐以成俗。士庶有不合庙祭者，何以用展孝思？宜许上墓。"唐明皇根据百姓习俗，干脆颁布了寒食扫墓的规定。苏轼在黄州时，作《寒食二首》，其二有云："空庖煮寒菜，破灶烧湿苇。哪知是寒食，但见乌衔纸。君门深九重，坟墓在万里。"后四句言见乌鸦衔坟前烧剩纸钱，才悟已是寒食，而自己的祖坟却在万里之遥，欲祭不能。借寒食扫墓故事，寓离乡背井的苦况，另是一番寄托。

寒食、清明靠得很近，清明本表示节气，在习俗方面，基本上都是从寒食延伸过来的。寒食扫墓逐渐改为清明扫墓。这在宋代已经能够看到了。唐代著名的《清明》诗，无论是杜甫的"渡头翠柳艳明媚"，还是杜牧的"清明时节雨纷纷"，都还看不出祭扫追悼的含义来。宋代才有规定：清明节里各地均须祭扫陵墓，

“官员士庶，俱出郭省坟，以尽思时之敬”。黄庭坚《清明》由扫墓联想到自己的遭遇，抒发了世道贤愚不分的愤慨。高翥《清明》诗：“南北山头多墓田，清明祭扫各纷然。纸灰飞作白蝴蝶，血泪染成红杜鹃。日暮狐狸眠冢上，夜归儿女笑灯前。人生有酒须当醉，一滴何曾到九泉。”则是从扫墓引发万事皆空的感慨。

节日诗词

临安春雨初霁[①]

［宋］陆　游[②]

世味年来薄似纱[③]，谁令骑马客京华[④]。
小楼一夜听春雨，深巷明朝卖杏花。
矮纸斜行闲作草[⑤]，晴窗细乳戏分茶[⑥]。
素衣莫起风尘叹[⑦]，犹及清明可到家。

【注释】

① 临安：南宋的京城，即今浙江省杭州市。霁：雨雪停止，天放晴。

② 陆游（1125—1210）：字务观，山阴（今浙江绍

兴)人。宋代著名的爱国诗人。

③ 世味:世情。

④ 令:使。骑马客京华:古代贵人骑马,暗示自己被召作官。

⑤ 矮纸:短纸。古人写字,竖行从右向左书写,所以纸是横放的。闲作草:东汉草书家张芝认为写草书应比写楷书慢些,只在闲空时才能写。

⑥ 细乳:茶叶冲泡后浮在水面的细沫,也称乳花。分茶:宋人饮茶时的一种游艺,今已失传。

⑦ 素衣:白衣。这句借用陆机"京洛多风尘,素衣化为缁"两句诗,连同下句意思是说,不久即可回家,不必慨叹京城官场中的风气会污染了自己。

【今译】

世态人情这些年来薄如透明的纱,
谁让我骑着马独自来到京华住下?
小客楼上,一夜听春雨淅淅沥沥,
明天早上,定有人深巷中卖杏花。
闲时在短纸上写草书,打发时光,

百无聊赖中只能在窗下细品清茶。
不要感叹京都尘土会污染素衣，
等到清明节就可以回到山阴老家。

【鉴赏】

陆游的这首《临安春雨初霁》写于淳熙十三年(1186)，此时他已六十二岁，在家乡山阴赋闲了五年。这一年春天，陆游又被起用为严州知府，赴任之前，先到临安(今浙江杭州)去觐见皇帝，在西湖边上的客栈里听候召见时，写下了这首广为传诵的名作。

家居五年，远离政界，但对于政治舞台上的倾轧变幻，对于世态炎凉，他是体会得更深了。所以诗的开头就用了一个独具匠心的巧譬，感叹世态人情薄得就像半透明的纱。世情既然如此浇薄，何必出来做官？所以下句说：为什么骑了马到京城里来，过这客居寂寞与无聊的生活呢？“小楼”一联是陆游的名句，语言清新隽永。诗人只身住在小楼上，彻夜听着春雨的淅沥；次日清晨，深幽的小巷中传来了叫卖杏花的声音，告诉人们春已深了。读这一句诗时，对“一夜”

两字不可轻轻放过，它正暗示了诗人一夜未曾入睡，国事家愁，伴着这雨声而涌上了眉间心头。五六两句写他白天的生活。陆游擅长行草，从现存的陆游手迹看，他的行草疏朗有致，风韵潇洒。陆游客居京华，闲极无聊，所以以草书消遣。“分茶”指鉴别茶的等级，这里就是品茶的意思。无事而作草书，晴窗下品着清茗，表面上看，是极闲适恬静的境界，然而在这背后，正藏着诗人无限的感慨与牢骚。

最后两句，反用陆机《为顾彦先赠妇》“京洛多风尘，素衣化为缁”的意思，其实是自我解嘲。“莫起风尘叹”，是因为不等到清明就可以回家了，然回家本非诗人之愿。因京中闲居无聊，志不得伸，故不如回乡躬耕。“犹及清明可到家”实为激楚之言。偌大一个杭州城，竟然容不得诗人有所作为，悲愤之情见于言外。

诗词故事

清明节杏花春雨

“满园春色关不住，一枝红杏出墙来”（叶绍翁《游园不值》），杏花是诗人们钟情描写的意象。清明时节，杏花已是怒放了。写清明的诗歌，自然也有许多写到杏花。杏花是雨水三信之一。每逢杏花开放时，总是春雨绵绵。潇潇雨声中，杏花传递春天的消息。

最有名的就是杜牧《清明》："借问酒家何处有？牧童遥指杏花村。"五代冯延巳《蝶恋花》词中的"满眼游丝兼落絮，红杏开时，一霎清明雨"，柳永《木兰花慢》"乍疏雨、洗清明。正艳杏烧林，缃桃绣野，芳景如屏"也都是传诵的名句。陆游《临安春雨初霁》中"小楼一夜听春雨，深巷明朝卖杏花"向来为人赞赏，史达祖《夜行船》"小雨空帘，无人深巷，已早杏花先卖"显然是出自陆游的诗。陈允平《朝中措》写了清明节的很多活动："欲晴又雨雨还晴，时节又清明。红杏墙头燕语，碧桃枝上莺声。轻衫短帽，扁舟小棹，几度旗亭。斗草踏青天气，买花载酒心情。"杏花春雨就成了清明节活动的背景。

宋代陈与义是写杏花的高手，《临江仙·忆昔午桥》"杏花疏影里，吹笛到天明"描绘了杏花月影、笛声悠扬的情境，尤其是"客子光阴诗卷里，杏花消息雨声

中”(《怀天经、智老因访之》)令人赞赏，据说宋高宗读到这两句时赞不绝口。四个月后，陈与义被复召为中书舍人兼侍讲直学士院，也是与此有关系的。

节日诗词

清明日狸渡道中[1]

［宋］范成大

洒洒沾衣雨，披披侧帽风[2]。
花然山色里[3]，柳卧水声中。
石马立当道，纸鸢鸣半空[4]。
墦间人散后，乌鸟正西东[5]。

【注释】

① 狸渡：地名。

② 侧帽：帽子倾斜。《北史·周书·独孤信传》：“（独孤）信在秦州，尝因猎，日暮，驰马入城，其帽微

侧。洁旦，而吏民有戴帽者，咸慕信而侧帽焉。其为邻境及士庶所重如此。”喻行止潇洒。

③ 然：同“燃”。形容红花开得繁盛。

④ 纸鸢：即风筝。鸣：古代风筝会发出声响。

⑤“播间”两句：祭祀结束，乌鸦来吃剩余的祭品。

【今译】

小雨沾湿了衣服，
微风吹歪了帽子。
红花在青山怒放，
绿柳横卧在水中。
路上石头像站马，
空中风筝在鸣响。
祭扫后人们散去，
乌鸦也东西飞离。

【鉴赏】

这首诗是范成大写旅途中见到的景象的。这天正是清明，首两句写天气。“沾衣欲湿杏花雨，吹面不寒杨柳风”，这是春天的气候特征。范成大用“洒洒”形容小雨，用“披披”描绘微风。侧帽用了北周独孤信的典故。《北史·周书·独孤信传》说“（独孤）信在秦州，尝因猎，日暮，驰马入城，其帽微侧。洁旦，而吏民有戴帽者，咸慕信而侧帽焉。”独孤信的无意侧帽竟引起人们竞相模仿，用今天的话说，就是偶像崇拜了。“花然山色里，柳卧水声中。”描写途中景色，“花然”用杜甫《绝句二首》（其二）“山青花欲然”句子，景色明丽而浓艳。“石马立当道”是说石头像马一样的站在路当中，“纸鸢鸣半空”写风筝在空中发出响声。陆游《观村童戏溪上》“纸鸢跋扈挟风鸣”也写了风筝在风中发出鸣响。最后两句写扫墓的情形。唐代以前主要是在寒食节扫墓，后来逐步过渡到比寒食晚两天的清明。宋代已盛行清明扫墓。扫墓时，家人会摆上祭品，祭祀结束，乌鸦会飞来吃残剩的祭品。

这首五律犹如广角镜头，摄下了清明春野的全景。书生们潇洒的游春，空中风筝争鸣，鸟雀啄食坟间祭品。哀欢相映，这真是一个极具特色的节日。不过，清明墓祭凄清悲切固然有，但至唐、宋，宴乐游赏的风气也已形成。

诗词故事

清明风筝诗话

放风筝不限时间，但是总是在春天放比较适合，尤其是在清明前后，更是放风筝的大好时光。清代顾禄《清嘉录》："纸鸢，俗呼'鹞子'，春晴竞放，川原远近，摇曳百丝。……清明后，东风谢令，乃止，谓之'放断鹞'。"这是说，由于清明以后风向不复稳定，而不再适宜放风筝，所以古人玩风筝是玩到清明为止。清明这天也是一年里最后一次放风筝，被称为"放断鹞"。

我国放风筝有着悠久的历史。最早的风筝是用于军事方面的，《韩非子·外储说左》记载"墨子为木鸢，三年而成，飞一日而败"。另据《鸿书》记载：鲁班也曾制作过木鸢，曰："公输班制木鸢以窥宋城。"因墨子与鲁班同是鲁国人，据此说推断风筝鼻祖"木鸢"发源于齐鲁一带。近代曹雪琴《南鹞北鸢考工志》说：

“观夫史籍所载，风鸢之由来久矣，可征者实寡，非所详也；唯墨子作木鸢，三年而飞之说，或无疑焉。盖将用之负人载物，超险阻而飞达，越川泽而空递；所以辅舆马之不能，补舟楫之不逮者也。”墨子做的风筝，称为“木鸢”，而且能够载人，这简直就是飞机了，可惜“飞一日而败”。但是能够飞上天就不容易了。鲁班做的“木鸢”用于“窥宋城”，相当于无人侦察机。有人说韩信是风筝的发明者。宋人高承《事物纪原》卷八“纸鸢”说：“俗谓之风筝，古今相传，云是韩信所作。高祖之征陈豨也，信谋从中起，故作纸鸢放之，以量未央宫远近，欲以穿地隧入宫中也。盖昔传如此，理或然矣。”这是用于工程测量。由此可知我国古代能人的超凡智慧。

风筝用于娱乐，应该从唐代就开始了。唐代诗人元稹就有《纸鸢》诗写道：“有鸟有鸟群纸鸢，因风假势童子牵。”宋代的风筝诗也很有特色。宋丞相寇准的《纸鸢》诗说：“碧落秋方静，腾空力尚微。清风如可托，终共白云飞。”这首诗除了诗题为《纸鸢》外，在诗中就没有提到风筝，然后他所描写的，却是句句扣住风筝的特点。范成大《清明日狸渡道中》“纸鸢鸣半空”，说明宋代的风筝也是带声响的。明代徐渭是很喜欢风筝的诗人，他的风筝诗也很有名，如“柳条搓线絮搓棉，搓够千寻放纸鸢。消得春风多少力，带将儿辈上青天。”清代高鼎的《村居》诗主要是写放风筝的：“草长莺飞二月天，拂堤杨柳醉春烟。儿童散学归来早，忙趁东风放纸鸢。”郑燮《风筝》诗云：“纸花如雪满天飞，娇女秋千打四围。五色罗裙风摆动，好将蝴蝶斗春归。”诗中风筝装点着春日晴空。《红楼梦》中探春咏的一首风筝诗也很有趣，也很特别：“阶下儿童仰面时，清明装点最堪宜。游丝一断浑无力，莫向东风怨别离。”其中暗寓了探春将来如断线风筝的命运。

节日诗词

清明呈馆中诸公[①]

［明］高 启

新烟着柳禁垣斜[②]，杏酪分香俗共夸[③]。
白下有山皆绕郭[④]，清明无客不思家。
卞侯墓下迷芳草[⑤]，卢女门前映落花[⑥]。
喜得故人同待诏[⑦]，拟沽春酒醉京华[⑧]。

【注释】

① 馆：指翰林院国史编修馆。作者于洪武二年(1369)在馆中修撰《元史》。“馆中诸公”，即史馆中一同修史的宋濂、王祎、朱右等十六人。

② 新烟：清明重新生火而飘散的炊烟。禁垣：皇宫的围墙。

③ 杏酪(lào)：传统习俗，在寒食三日作醴(lǐ)酪，又煮粳米及麦为酪，捣杏仁作粥。

④ 白下：南京的别称。

⑤ 卞侯：卞侯即晋朝的卞壶，他曾任尚书令，后来在讨伐苏峻的叛乱中战死，被埋葬于白下。

⑥ 卢女：即莫愁，古代善歌的女子。

⑦ 待诏：明代翰林院所设官职，主管文件奏疏。此指修史。

⑧ 京华：即京都。

【今译】

清明新火生起，禁城杨柳斜飞。
大家享用杏酪，宫女分得名香。
白下四处皆山，围绕金陵古城。
独自旅居在外，清明谁不想家？
卞侯长眠地下，如今芳草萋萋。
卢女莫愁门前，只剩几瓣落花。

能和朋友共事，让人高兴不已。

我想买来春酒，大家共醉京华。

【鉴赏】

这首清明诗当作于洪武二年(1369)至三年，诗人修《元史》时。这时的诗人，青云直上，春风得意，对于自己的前途充满了信心，因而心情是美好的，笔调是欢快的。

诗一开端，就把读者带进了一种生气蓬勃、吉祥如意的氛围中。御柳笼烟，禁垣垂杨，被那软软的春风，吹得柳枝横斜，拂水依人。这时正是清明时节，官人们都捣了杏仁，做了醴酪，宫女们都分得名香，佩上香囊，在祥和的气氛中迎接这个传统的节日。

第二联“白下有山皆绕郭，清明无客不思家”是脍炙人口的名句。“清明”是传统的节日，“无客不思家”是虚拟。“清”借为“青”，以与上句之“白”相对。虚实相生，青白相间，更显得错落有致，色彩明丽。上句写景，下句言情，亦显得景因情布，情随景生，情景交融，动静相衬，给人以无限的美感享受。清代赵翼在《瓯北诗话》卷八中就摘了这两句，并加以评论说："此等诗气调才力，不减于唐，而典丽细切更过之，前后七子所未梦见也。"

第三联"卞侯墓下迷芳草，卢女门前映落花"，是就地取材的"白下"典故，而又紧紧扣住题目上的"清明"二字。因"清明"而想到芳草迷离的卞侯墓，而想到落花映门的"卢家少妇"，脉络贯通，接得自然而典丽，说即使忠如卞壶，美如莫愁，也只墓上留下一堆芳草，门前网住几片落花，在"清明"时节，供人凭吊而已！

"喜得故人同待诏，拟沽春酒醉京华。"结句宕开一笔，以情结景，悠然神远。在无限今昔之感中，让自己那种"待诏"禁垣的喜悦，"酒醉京华"的豪情，很自然地流露了出来。以喜衬悲，以醉解愁，而诗人刹那间的感情变化，内心活动，曲折尽致地表现了出来，其笔力之锐入快出，脉络之明接暗转，兴酣落墨，舒卷自如，不愧为首开大雅的"一代诗宗"。

诗词故事

清明无客不思家

“清明无客不思家”(《清明呈馆中诸公》),明代高启的这句诗反映了清明时节人们的普遍心情。所谓“客”就是客居在外的人。清明时节,是家人团聚、共同祭祖的日子。而因各种原因无法回家的人就更加思念家人。

元代张可久《喜春来·金华客舍》:“落红小雨苍苔径,飞絮东风细柳营。可怜客里过清明。不待听,昨夜杜鹃声。”此曲写于客中,写景中便蕴藏着一丝隐约可求的轻愁。那愁绪以杜鹃鸣叫声的回忆,显得浓重。在优美的景物描写中掺合了些许思归之情,又达到了水乳交融的程度,它通体是隽永的、和谐的。

元代乔吉《折桂令·客窗清明》“甚情绪灯前,客怀枕畔,心事天涯。三千丈清愁鬓发,五十年春梦繁华”,也是表现一位客居在外的游子的孤独感与失意情怀,亦可看成是作者漂泊生活与心境的写照。一个客居在外的人,面对孤灯一盏,又能有什么好心绪呢?

客中的情怀、重重心事和天涯漂泊的苦况，萦绕在枕边耳际。这万千的心事，从何说起呢？作者用了两句来进行概括：“三千丈清愁鬓发，五十年春梦繁华。”上句用李白《秋浦歌》诗句“白发三千丈，缘愁似个长”，说明自己白发因愁而生，表现了愁思的深长。下句说五十年来的生活，像梦一样过去了。作者写这支曲的当时，民生凋敝，现实生活中哪里会有什么繁华可言？由此写出了作者无限的愁思和感慨。

阊门即事[①]

［唐］张 继

耕夫召募逐楼船[②]，春草青青万顷田。

试上吴门窥郡郭，清明几处有新烟[③]？

【注释】

① 阊门：苏州古城的西城门。本诗为作者于天宝末年流寓苏州时所作，对统治阶级到处征兵，致使农村凋敝、人烟寥落，表示愤慨。

② 召募：招募耕夫从军。召，即“招”。楼船：高大的船。此处“楼船”指作战的船只。

③ 几处：表示数量少。因耕夫部被征去作战，田园荒芜，所以少新烟。

鹊 踏 枝[①]

［南唐］冯延巳[②]

六曲阑干偎碧树[③]，杨柳风轻，展尽黄金缕[④]。谁把钿筝移玉柱[⑤]，穿帘海燕双飞去[⑥]。

满眼游丝兼落絮[⑦]，红杏开时，一霎清明雨[⑧]。浓睡觉来莺乱语[⑨]，惊残好梦无寻处[⑩]。

【注释】

① 鹊踏枝：词牌名。

② 冯延巳（约 903—960）：字正中，广陵（今江苏扬州）人。五代词作家。

③ 曲（qū）：弯转。偎：倚靠。

④ 黄金缕：指嫩黄的柳条。

⑤ 钿（diàn）筝：用罗钿装饰的筝。玉柱：美玉做成的承弦物。

⑥ 海燕：燕子的别称。古人认为燕子生于南方，渡海而至，故称。

⑦ 游丝：蜘蛛等昆虫所吐的丝，因其飘荡于空

中，所以叫做游丝。

⑧ 一霎：一会儿、片刻，指极短的时间。

⑨ 觉（jiào）：睡醒。

清　明

［宋］王禹偁[①]

无花无酒过清明，兴味萧然似野僧[②]。

昨日邻家乞新火[③]，晓窗分与读书灯[④]。

【注释】

① 王禹偁（954—1001）：字元之，巨野（今属山东）人。

② 兴味：即兴趣，趣味。萧然：指空寂超脱的样子。野僧：在山野修行的僧人。

③ 新火：旧俗寒食日禁烟火，清明之日再起火，称为“新火”。

④ 晓：晨晓，天亮。分：分配，给以。这里指清明一早，就把灯点上读书了。

南柯子·丁酉清明[①]

[宋]黄　昇[②]

天上传新火，人间试夹衣[③]。定巢新燕觅香泥[④]。不为绣帘朱户说相思。

侧帽吹飞絮，凭栏送落晖。粉痕销淡锦书稀[⑤]。怕见山南山北子规啼[⑥]。

【注释】

① 南柯子：词牌名。唐教坊曲名，用作词调。又名《南歌子》、《悟南柯》、《春宵曲》、《水晶帘》、《碧窗梦》等。丁酉：宋理宗嘉熙元年(1237)。

② 黄昇：生卒年不详，字叔旸，号玉林，又号花庵词客，晋江(今属福建)人。

③ 试夹衣：清明节开始，脱去厚厚的冬装，换较薄的春装。

④ 定巢：筑巢。香泥：花落于泥，留有香气，后泛指春天的泥土。

⑤ 粉痕销淡：由于长久的、没有结果的等待已懒

得化浓妆。锦书稀：书信少。

⑥ 子规啼：布谷鸟往往在清明前后鸣叫，其声凄苦，不忍独听。

[双调]折桂令·客窗清明[1]

[元]乔 吉[2]

风风雨雨梨花，窄索帘栊[3]，巧小窗纱。甚情绪灯前，客怀枕畔，心事天涯[4]。

三千丈清愁鬓发[5]，五十年春梦繁华[6]。蓦见人家[7]，杨柳分烟，扶上檐牙[8]。

【注释】

① 折桂令：曲牌名。客：在外乡居住。

② 乔吉(约1280—1345)：字梦符，又名吉甫。号鹤笙翁、惺惺道人。太原(今属山西)人。

③ 窄索：窄小。帘栊：带窗帘的窗户。

④ 心事天涯：指重重心事，天涯漂泊的苦境。

⑤ 三千丈：夸张地表现了愁思的深长。化用李

白《秋浦歌》“白发三千丈”。

⑥ 春梦繁华：只有在春梦中才有繁华的生活景象。

⑦ 蓦：忽然。

⑧ 檐牙：屋檐突起，犹如牙齿。一说檐际翘出如牙的部分。

壬戌清明作[①]

［清］屈大均[②]

朝作轻云暮作阴，愁中不觉已春深。
落花有泪因风雨，啼鸟无情自古今。
故国江山徒梦寐[③]，中华人物又销沉[④]。
龙蛇四海归无所[⑤]，寒食年年怆客心[⑥]。

【注释】

① 壬戌：指康熙二十一年(1682)。

② 屈大均(1630—1696)：明末清初诗人。初名绍隆，字翁山，又字介子。番禺(今属广东)人。

③ 故国：因屈大均多次参加反清斗争，均失败，故称。徒：白白的。

④ 人物：仁人志士。销沉：沉沦消亡。

⑤ 龙蛇：《周易·系辞》："龙蛇之蛰，以存身也。"后因常喻隐居的贤士。春秋时晋文公重耳流亡返国，遍赏有功人员，唯独遗忘了介子推，时人不平，作《龙蛇歌》，有"龙已升天，一蛇终不见处所"之语。寒食风俗的来历，与纪念介子推的被焚有关，所以此处的"龙蛇"，兼用了两处的典故。

⑥ 怆：悲伤。

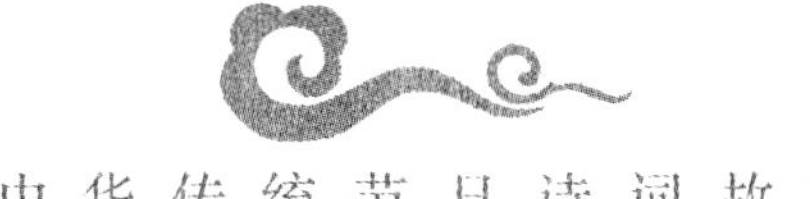

端　午

节日来源

农历五月初五，是我国民间传统节日端午节。端是“开端”、“初”的意思，“五”与“午”通，“五”又为阳数，故端午又名端五、重五、端阳、中天等。从史籍上看，“端午”二字最早见于晋人周处《风土记》：“仲夏端午，烹鹜角黍。”

一般认为，该节与纪念屈原有关。屈原忠而被黜，投水自尽，于是人们以吃粽子、赛龙舟等来悼念他。此说最早出自南朝梁代吴均《续齐谐记》和宗懔《荆楚岁时记》的记载。据说，屈原于五月初五自投汨罗江，死后为蛟龙所困，世人哀之，每于此日投五色丝粽子于水中，以驱蛟龙。为了寄托哀思，人们荡舟江河之上，此后才逐渐发展成为龙舟竞赛。

迎涛神，这是端午节来源的又一种说法。此说出自东汉邯郸淳的《曹娥碑》。春秋时吴国忠臣伍子胥含冤而死之后，化为涛神，世人哀而祭之，故有端午节。《曹娥碑》云:“五月五日,时迎伍君逆涛而上,为水所淹。”

还有一种说法,认为“重午”在古代被认为是犯禁忌的日子,此时五毒尽出。因此,五月是个毒月,五日是恶日,于是就有种种求平安、禳解灾异的习俗。《吕氏春秋》中《仲夏记》一章规定人们在五月要禁欲、斋戒。《夏小正》中记:“此日蓄药,以蠲除毒气。”《大戴礼》中记“五月五日畜兰为沐浴”,以浴驱邪。这样,在此日插菖蒲、艾叶以驱鬼,薰苍术、白芷和喝雄黄酒以避疫,就是顺理成章的事。

时至今日,端午节仍是我国民间非常重视的一个节日。2006 年 5 月 20 日,该民俗经国务院批准列入第一批国家级非物质文化遗产名录。端午节现为我国法定节假日。

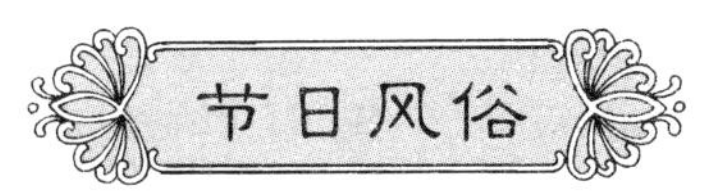

节日风俗

1. 吃粽子

粽子在东汉就已出现。但一直到晋朝，粽子才成为端午的应节食品。《风土记》中称为“角黍”的粽子，因为附会在屈原的传说上，千百年来，成为最受人欢迎的端午节食。从《风土记》中记载的做法看来，当时的粽子是以黍为主要原料，除了粟子以外，不添加其他馅料。

2. 赛龙舟

有人认为这是龙舟竞渡的起源。当时楚人因舍不得贤臣屈原死去，于是有许多人划船追赶拯救，以后每年五月五日划龙舟以纪念屈原。

3. 门前悬艾

在端午节，家家都以艾叶制成人形称为艾人。或将艾叶悬于堂中,剪为虎形或剪彩为小虎,贴以艾叶,妇人争相佩戴,以辟邪驱瘴。用菖蒲作剑,插于门楣,说有驱魔祛鬼之神效。晋代《风土志》中则记载有"以艾为虎形,或剪彩为小虎,黏以艾叶,内人争相裁之。以后更加菖蒲,或作人形,或肖剑状,名为蒲剑,以驱邪却鬼"。

4. 悬钟馗像

钟馗捉鬼,是端午节习俗。在江淮地区,家家都悬钟馗像,用以镇宅驱邪。据说,唐明皇开元自骊山讲武回宫,疟疾大发,梦见二鬼,一大一小,小鬼穿大红无裆裤,偷杨贵妃之香囊和明皇的玉笛,绕殿而跑。大鬼则穿蓝袍戴帽,捉住小鬼,挖掉其眼睛,一口吞下。明皇喝问,大鬼奏曰:"臣姓钟馗,即武举不第,愿为陛下除妖魔。"明皇醒后,疟疾痊愈,于是令画工吴道子,照梦中所见画成钟馗捉鬼之画像,通令天下,于端午时一律张贴,以驱邪魔。

5. 系百索

以五色丝结而成索,又称百索、长命缕、续命缕、辟兵绍、五色缕、朱索等。或悬于门首,或戴小儿项颈,或系小儿手臂,或挂于床帐、摇篮等处,俗谓可避灾除病、保佑安康、益寿延年。汉代应劭《风俗通义》有记:“五月五日,赐五色续命丝,俗说以益人命。”《荆楚岁时记》载:“以五彩丝系臂,名曰辟兵,令人不病瘟。”

6. 饮雄黄酒

画额,是端午节以雄黄涂抹小儿额头的习俗,据说可驱避毒虫。典型的方法是用雄黄酒在小儿额头画“王”字,一借雄黄以驱毒,二借猛虎(“王”似虎的额纹,又虎为兽中之王,因以代虎)以镇邪。清富察敦崇《燕京岁时记》:“每至端阳,自初一日起,取雄黄合酒洒之,用涂小儿领及鼻耳间,以避毒物。”

7. 戴香包

香包又叫香袋、香囊、荷包等,有用五色丝线缠成的,有用碎布缝成的,内装香料(用中草药白芷、川芎、芩草、排草、山奈、甘松、高本行制成),佩在胸前,香气扑鼻。陈示靓的《岁时广记》引《岁时杂记》说到"端五以赤白彩造如囊,以彩线贯之,搐使如花形。"这些随身携带的袋囊,内容从吸汗的蚌粉,驱邪的灵符、铜钱,辟虫的雄黄粉,发展成装有香料的香囊,制作也日趋精致,成为端午节特有的民间艺品。

8. 采杂药

采药也是最古老的端午节俗之一。《夏小正》载:"此日蓄药,以蠲除毒气。"《岁时广记》卷二十二"采杂药"引《荆楚岁时记》佚文:"五月五日,竞采杂药,可治百病。"后魏《齐民要术·杂记》中有五月捉蛤蟆的记载,亦是制药用。

9. 沐兰汤

端午日洗浴兰汤是《大戴礼》记载的古俗。当时的兰不是现在的兰花,而是菊科的佩兰,有香气,可煎水沐浴。《九歌·云中君》亦有"浴兰汤兮沐芳"之句。《荆楚岁时记》:"五月五日,谓之浴兰节。"《五杂俎》记明代人因为"兰汤不可得,则以午时取五色草拂而浴之”。后来一般是煎蒲、艾等香草洗澡。

10. 斗草

斗草在南北朝时已盛行，称“踏百草”，唐代称“斗草”或“斗百草”。《荆楚岁时记》：“五月五日，四民并踏百草，又有斗百草之戏。”后已不限于端午时节。

节日诗词

五日观妓[1]

［唐］万　楚

西施谩道浣春纱[2]，碧玉今时斗丽华[3]。
眉黛夺将萱草色[4]，红裙妒杀石榴花。
新歌一曲令人艳，醉舞双眸敛鬓斜[5]。
谁道五丝能续命[6]，却知今日死君家。

【注释】

① 五日：农历五月五日，端午节。妓：歌舞女。

② 西施：春秋时代越国著名的美女。出生于苎罗山（今浙江诸暨县南），曾在家乡溪边浣纱。

③ 碧玉：是汝南王宠爱的美妾，出身微贱。南朝民歌《碧玉歌》中有“碧玉小家女”之句。这里借指地位低下的乐伎。丽华：古代叫丽华的美人有两个，一个是东汉光武帝刘秀的皇后阴丽华，另一个是南朝陈后主的妃子张丽华。

④ 萱草：别名忘忧草，俗称黄花菜，早春时就长出来。杜甫《腊日》诗：“侵陵雪色还萱草，漏泄春光有柳条。”

⑤ 敛鬓：指拢发的动作。

⑥ 五丝：即五色丝，又叫五色缕、长命缕、续命缕。端午时人们把它缠在手臂上，用以辟兵、辟鬼，延年益寿。

【今译】

别说美女西施也曾在溪边浣纱，
今天碧玉要和富贵美女斗才华。
眉毛上的色彩是从萱草上夺来，
裙子的红色让石榴花心生嫉妒。
唱一曲新歌令人顿生羡慕之心，
拢一下双鬓舞姿翩翩双目传情。

谁说端午带上五色丝能够长命，

欣赏如此歌舞今天就回不了家。

【鉴赏】

这首诗是写农历五月五日端午节观看乐伎表演的。诗首先写乐伎的美妙动人。“西施谩道浣春纱，碧玉今时斗丽华”，一落笔便别有风情。在越溪边浣纱的西施，是古来公认的美女。诗人刚刚提到西施，又用“谩道”二字将她撇过一边。这样，既触发起了以美人比美人的联想，又顺势转到了眼前这位美女的身上。“碧玉”则是地位低下的乐伎，如今眼前这位美女“碧玉”，正可以与丽华争艳比美。“眉黛夺将萱草色，红裙妒杀石榴花”，两句采用了一种十分独特的夸张而兼拟人的表现方法：看那美人的眉毛绿莹莹的，那是从萱草夺来的颜色；裙子红艳艳的，石榴花见了也不免要妒杀。上句用了表示动作的“夺将”，下句用了表示情感的“妒杀”，从而分别赋予眉黛、萱草、红裙、榴花以生命，极尽对眉黛、红裙渲染之能事。萱草和石榴都是诗人眼前景物。况端午时节，萱草正绿，榴花正红，又都切合所写时令。随手拈来，为美人写照，既见巧思，又极自然。写罢形貌之后，又接写歌舞："新歌一曲令人艳，醉舞双眸敛鬓斜。"听了她唱的一曲新歌，就越发艳羡她的美色。再看她的舞姿：拢一拢倾斜了的鬓发，两眼秋水盈盈，真有勾魂摄魄的力量。以上四句对乐伎的描绘，从对形貌的静态描绘开始，进而在动态中加以刻画，写她的歌舞。一静一动，由形及神，展示了乐伎的色艺俱佳。末一句点出"双眸"，更使形象光彩照人。

"谁道五丝能续命，却知今日死君家"写自己的观感。诗人深情激动地说：谁说臂上缠上五色丝线就能长命呢？眼看我今天就要死在您家里了！"死君家"与"彩丝线"密切关合，奇巧而自然，充分显示出诗人动情之深。

诗词故事

端午系腕五色丝

端午有以五色丝结而成索的习俗，又称"系百索”。五色丝在端午节活动中有许多意义。

首先是用五色丝扎粽子。这是与屈原有关的习俗。南朝梁人吴均《续齐谐记》说:“屈原五月五日投汨罗而死,楚人哀之,每至此日竹筒贮米,投水祭之。汉建武中,长沙区曲白日忽见一人,自称三闾大夫,谓曰:‘君当见祭,甚善。但常所遗,苦为蛟龙所窃。今若所惠,可以楝树叶塞其上,以五彩丝缚之。此二物蛟龙所惮也。’曲依其言。世人作粽并戴五色丝及楝叶,皆汨罗之遗风也。”欧阳修《渔家傲》“五色新丝缠角粽”、张榘《念奴娇·重午》“须信千古湘流,练丝缠黍,端为英雄设”说的就是这种习俗。

端午又被认为是“恶日”,因此五色丝又有辟邪驱恶的含义。用于这个意义的五色丝通常是系在人的手臂上。五色丝也被称为“长命缕”、“续命缕”等。以五色丝系臂,曾是很流行的节俗。汉代应邵《风俗通义》有记:“五月五日,赐五色续命丝,俗说以益人命。”《荆楚岁时记》:“以五彩丝系臂,名曰辟兵,令人不病瘟。”谓可保平安健康,又谓能避刀兵之灾。清代顾禄《清嘉录·五月·长寿线》:“结五色丝为索,系小儿之臂，男左、女右，谓之长寿线。”唐代万楚《五日观妓》诗说“谁道五丝能续命，却知今日死君家”，这也是从五色丝能延年益寿的角度来说的。后来五色丝系臂装饰性比较强，五代花蕊夫人《宫词》“美人捧入南熏殿，玉腕斜封彩缕长”，苏轼《浣溪沙·端午》“彩线轻缠红玉臂，小符斜挂绿云鬟”，吴文英《澡兰香·淮安重午》“盘丝系腕，巧篆垂簪，玉隐绀纱睡觉”等，可能注重的还是装饰。

端午节小孩佩香囊时也要用五色丝。香囊内有朱砂、雄黄、香药，外包以丝布，清香四溢，再以五色丝线弦扣成索，作各种不同形状，结成一串，形形色色，玲珑夺目。

五色丝还能悬于门首或挂于床帐、摇篮等处，俗谓可避灾除病、保佑安康、益寿延年。

节日诗词

竞渡曲[1]

［唐］刘禹锡

竞渡始于武陵，及今举楫而相和之音，咸呼“何在”，招屈之义也。

沅江五月平堤流[2]，邑人相将浮彩舟[3]。
灵均何年歌已矣[4]，哀谣振楫从此起[5]。
扬枹击节雷阗阗[6]，乱流齐进声轰然。
蛟龙得雨鬐鬣动[7]，螮蝀饮河形影联[8]。
刺史临流褰翠帏，揭竿命爵分雄雌。
先鸣余勇争鼓舞，未至衔枚颜色沮[9]。
百胜本自有前期，一飞由来无定所。

风俗如狂重此时，纵观云委江之湄[10]。
彩旗夹岸照鲛室[11]，罗袜凌波呈水嬉。
曲终人散空愁暮，招屈亭前水东注[12]。

【注释】

① 竞渡曲：龙舟竞渡，起源很早。据刘异《事始》说："楚传云：竞渡起于越王勾践。"《荆楚岁时记》云："旧传屈原死于汨罗，时人伤之，竟以舟楫拯焉，因以成俗。"《岁华纪丽》云"因勾践以成风，拯屈原而为俗"。

② 沅江：水名，发源于贵州省，流经湖南省入洞庭湖。刘禹锡贬朗州(今湖南常德)司马，此诗作于朗州任上。

③ 邑人：当地人。相将：互相。

④ 灵均：屈原，字灵均。

⑤ 哀谣：同情屈原的歌谣。振楫：划船追赶屈原。

⑥ 枹(fú)：鼓槌。阗(tiàn)阗：象声词，形容很响的雷声。这里比喻鼓声如雷。

⑦ 鬐：龙脊背上的鳍。鬣：龙嘴下长须。

⑧ 蝃蝀：彩虹的别名。这里形容彩旗。

⑨ 末至衔枚：本指口衔放(如筷子)以禁止发声。此指因失败气馁，皆不出声。

⑩ 委：落下。湄：水边。

⑪ 鲛室：传说水深处有蛟龙，此指水底。

⑫ 招屈亭：在湖南溆浦县城南，传说屈原被流放经过溆浦时住在茅坪坳，后人建了“屈原故庐”的石碑，并建了招屈亭。

【今译】

五月的沅江水涨得和堤坝一样高，
沅江边上的水手们相继划起龙舟。
为救屈原而划船的歌声已经消失，
而龙舟竞渡却因此长久保留下来。
挥动鼓槌敲击发出咚咚鼓声如雷，
众多船桨击水奋进发出轰然巨响。

小船像蛟龙得雨游动得快速欢畅，
水边彩旗如虹，和水中倒影相连，
刺史亲临在水边拉开绿色的帷帐，
用竹竿挑着锦标倒上酒裁决胜负。
先到的船队在锣鼓声中喜气洋洋，
后到的船队像嘴里衔枚面露沮丧。
每个人在竞赛前都预计自己获胜，
竞赛一旦开始，输赢就很难确定。
节日狂欢的气氛在现在最为浓烈，
围观的人群在江边铺上五彩云霞。
两岸彩旗飘飘，映照着清澈江水，
会游泳的女孩在水面上打闹嬉戏。
活动结束，人们散去，时已傍晚，
招屈亭前的江水依旧日夜向东流。

【鉴赏】

刘禹锡这首《竞渡曲》记叙的是沅江一次赛龙舟的活动。前四句写赛舟的来历，说明这风俗源于楚地人民为拯救和悼念屈原。次写龙舟竞渡的热闹全景：

鼓声震天，龙舟竞渡，这是从声音上渲染出热烈的气氛和紧张的竞争。“蛟龙得雨鬐鬣动”描写龙舟在水中搏击的灵活而勇猛的姿态，“螮蝀饮河形影联”则腾出手来写两岸彩旗倒映水中，一幅色彩斑斓的画面。刺史亲自主持竞赛，担任总裁判，肯定给勇士和观众更大的鼓舞。赛后胜者欢欣，败者沮丧。后面八句相当于尾声。“百胜本自有前期，一飞由来无定所。”这是诗人分析竞渡者的心理，出战之前，信心百倍，志在必得，但一旦开始，胜负还是难以料定的。岸边彩旗飘扬，女子在水中嬉戏，为节日增添了无限的生趣。这是竞赛的余波，也说明此地举办龙舟竞渡，有着群众基础。最后两句感慨热闹的一天已过，日暮人去，江水东流，但屈原的英灵何在，字里行间流露出由屈原而联想及己，产生的深沉的苦闷和寂寞的情感。

诗词故事

龙舟竞渡为屈原

龙舟竞渡，起源甚早，但是这项活动的目的，却有不同的说法。有人认为是吴越为操练水军而采取的竞赛。刘昇《事始》曰："楚传云：竞渡起于越王勾践。"也有人认为是为了纪念屈原。《荆楚岁时记》云："旧传屈原死于汨罗，时人伤之，竞以舟楫拯焉，因以成俗。"刘禹锡是赞同屈原说的，他在《竞渡曲》序中说："竞渡始于武陵，及今举楫而相和之音，咸呼'何在'，招屈之义也。"

唐代诗人普遍认为龙舟竞渡是因为屈原，如张说《岳州观竞渡》："画作飞凫艇，双双竞拂流。低装山色变，急棹水华浮。土尚三闾俗，江传二女游。齐歌迎孟姥，独舞送阳侯。鼓发南湖溠，标争西驿楼。并驱常诧速，非畏日光遒。""三闾"是"三闾大夫"，即屈原的官职。另有储光羲《观竞渡》"大夫沉楚水，千祀国人哀"，白居易《竞渡》"竞渡相传为汨罗，不能止遏别无他。自经放逐来憔悴，能较灵均死几多"等诗中，都提到屈原，说明唐时已把竞渡和纪念屈原联系在一起，尤其在沅湘一带更是如此。这种说法对后世也产生了影响，如北宋张耒《和端午》："竞渡深悲千载冤，忠魂一去讵能还。国亡身殒今何有，只留离骚在世

间。”明代边贡《午日观竞渡》:“共骇群龙水上游,不知原是木兰舟。云旗猎猎翻青汉,雷鼓嘈嘈殷碧流。屈子冤魂终古在,楚乡遗俗至今留。江亭暇日堪高会,醉讽离骚不解愁。”都在龙舟竞渡中写入屈原的事迹。

节日诗词

渔家傲

[宋] 欧阳修

五月榴花妖艳烘。绿杨带雨垂垂重。
五色新丝缠角粽①。金盘送。生绡画扇盘双凤。

正是浴兰时节动②。菖蒲酒美清樽共③。
叶里黄鹂时一弄。犹瞢忪④。等闲惊破纱窗梦⑤。

【注释】

① 五色新丝：《风俗通》云："五月五日以五彩绳结续命缕，俗说以益人命。"

② 浴兰节：端午洗浴兰汤是华夏古俗。当时的兰不是现在的兰花，而是菊科的佩兰，有香气，可煎水沐浴。《荆楚岁时记》："五月五日，谓之浴兰节。"

③ 菖蒲酒：用菖蒲叶浸泡的酒。

④ 瞢忪：睡觉刚醒来懵懵懂懂的样子。

⑤ 等闲：随便，很容易的。

【今译】

正是石榴花开得正盛的季节，
雨中杨柳枝条低垂显得很重。
人们用五彩丝线包扎好粽子，
盛进镀金的盘子里各处分送。
生绡做成扇子画上盘曲双凤。

正是用兰汤沐浴的端午时节，
共同举杯饮下菖蒲浸泡的酒，
窗外林中黄鹂不时鸣唱几声，
叫声中睁开眼睛还懵懵懂懂，
黄鹂轻易地惊醒了姑娘美梦。

【鉴赏】

欧阳修这首《渔家傲》词写的是端午，仿佛是在叙述一个情节简单的生活故事。五月的石榴花开得红艳艳的，在蒙蒙细雨中，杨柳低垂，这是女主人公生活的外景。“五色新丝缠角粽。金盘送”，表现出端午的节令特点，女主人包好了粽子，叫人用金盘装好，给朋友们送去。她手拿绢扇，扇面上画着一对凤凰。用兰汤沐浴，喝菖蒲酒，都是端午习俗。下午女主人在睡觉，忽然外面的黄莺叫了一声，女主人被惊醒了，但还是睡眼蒙眬。

从故事叙述的内容来看，这个女主人公似乎是空守闺中。“生绡画扇盘双凤”透露了她的身份和愿望。黄鹂惊梦的情节，让人联想到唐人金昌绪的《春梦》：“啼时惊妾梦，不得到辽西。”那么，这个女主人公是不是也有一个相似的梦呢？

诗词故事

五月榴花照眼明

五月是榴花开放的时节，因此，农历五月又称榴

月。韩愈以“五月榴花照眼明”写出五月榴花的耀眼夺目。王安石《咏石榴花》中写有：“浓绿万枝红一点，动人春色不须多。”杜牧《咏石榴》：“似火山榴映小山，繁中能薄艳中闲。一朵佳人玉钗上，只疑烧却翠云鬟。”

因此，在端午诗词中，榴花也是一个重要角色。欧阳修《渔家傲》是首端午词，“五月榴花妖艳烘”给了端午节一个火红热烈的背景。其他如唐代殷尧藩《端午》“榴锦年年照眼明”，宋代周紫芝《永遇乐·午日》“榴花半吐，金刀犹在”，戴复古《扬州端午呈赵帅》“榴花角黍斗时新”，刘克庄《贺新郎·端午》“深院榴花吐”，吴文英《隔浦莲·泊长桥过端午》“榴花依旧照眼，愁褪红丝腕”，明代佘有丁《帝京午日歌》“都人午五女儿节，酒蒲角黍榴花辰”等都用如火榴花装点他们的端午诗篇。唐代万楚《五日观妓》“红裙妒杀石榴花”以石榴花来写歌舞女子的红裙，也是以时令景物来衬托。宋代陈与义端午词《临江仙》“榴花不似舞裙红”也是这种用法。

在端午习俗中，有人认为榴花具有辟邪的作用，这可能比较迟，清嘉庆《澄海县志》记载："（端午节）以艾叶、榴花簪发，童稚用彩绸缝小荷包，裹雄黄末并道符佩身上，谓可避邪。"不过，我们在明代刘基《金钱子·午日》"艾叶榴花，又上阿谁门户"中看到它的作用已和艾叶相等了，明代虞堪《午日访沈元圭席上次韵》"绛榴谁插鬓边花"，也写到了端午簪石榴花的风俗。

节日诗词

齐天乐·端午

［宋］杨补之

疏疏数点黄梅雨。殊方又逢重五[①]。
角黍包金[②]，菖蒲切玉[③]，风物依然荆楚[④]。
衫裁艾虎[⑤]。更钗凫朱符[⑥]，臂缠红缕[⑦]。
扑粉香绵，唤风绫扇小窗午。

沉湘人去已远[⑧]，劝君休对酒，感时怀古。
慢啭莺喉，轻敲象板[⑨]，胜读《离骚》章句[⑩]。
荷香暗度。渐引入陶陶，醉乡深处。
卧听江头，画船喧叠鼓[⑪]。

【注释】

① 殊方：异乡。

② 角黍：即粽子。

③ 菖蒲：多年生草本植物，生在水边，地下有淡红色根茎，叶子形状像剑，肉穗花序。根茎可做香料，也可入药。

④ 荆楚：荆为楚之旧号，古荆州地区在今湖北湖南一带。

⑤ 艾虎：旧时端午节驱邪辟祟之物，用艾草扎成虎的形状，或剪彩为虎，黏以艾叶，佩戴于发际身畔。我国古代视虎为神兽，俗以为可以镇祟辟邪、保佑安宁。《风俗通》云："虎者阳物，百兽之长也。能噬食鬼魅，……亦辟恶。"故民间多取虎为辟邪之用，其中尤以端午节的艾虎为最具特色。

⑥ 钗凫：端午节，妇女用于辟邪而插在头发上的护符。朱符：即硃符，朱笔画的符箓。旧俗用以驱邪。清·潘荣陛《帝京岁时纪胜·端阳》："五月朔，家家悬硃符，插蒲龙艾虎，窗牖贴红纸吉祥葫芦。"

⑦ 红缕：古代端午有以五彩丝系臂的习俗。《风

俗通义》:“五月五日以五彩丝系臂者,辟兵及鬼,令人不病瘟,亦因屈原。”五月五日以五彩丝系臂,“一名长命缕,一名续命缕,一名辟兵缯,一名五色丝,一名朱索。”红缕即朱索。

⑧ 沉湘:指屈原。

⑨ 象板:象牙拍板,打击乐器。

⑩《离骚》:屈原写的诗歌。

⑪ 喧叠鼓:指赛龙舟活动时锣鼓喧天的情形。

【今译】

稀稀落落下着黄梅雨,
端午来临,我独自在外。
菖蒲叶包白米做粽子,
端午习俗和荆楚一样。
艾叶扎成虎形挂衣上,
头上插着避邪的饰品,
手臂上缠着五色丝带。
化妆后拿着小扇轻摇。

屈原的事离现在久远，
喝酒时就不要太感伤。
听歌女手持象板唱歌，
比读《离骚》要轻松得多。
在荷香中我渐渐沉醉，
躺着听龙舟鼓声喧闹。

【鉴赏】

这首词写的是作者在外地过端午节的情形。上阕叙事写景，词人独自在外，正好遇到过端午，下起几点黄梅雨。家家户户都在包粽子，门前挂着菖蒲艾叶等驱邪的药草，女孩子头上戴着辟邪的装饰物，手臂上缠着红丝线，手拿绫绸制作的小扇，这一切都和荆楚地方的习俗一样。眼前景象，也唤起诗人淡淡的乡愁。

下阕以抒情为主。端午节和纪念屈原有关。词人说，屈原的事情已经很久远的事情了，现在喝酒作乐，就不要去想他了。听听歌曲比读屈原《离骚》要好得多。这是词人心里烦恼无法排遣时说的牢骚话。

因为这是一句劝说的话，也就是在喝酒的时候，很自然的谈到屈原的事情，所以才会有这番劝说。于是转入自己的活动，就是喝酒渐渐入醉，躺在床上，听外面江边龙舟竞渡的喧天锣鼓。还是回到端午的话题上来。他把自己排除在端午欢乐人群之外，又表现出他只是一个外来人的特点。

诗词故事

艾叶菖蒲斩千邪

古时在端午节，除了划龙船、吃粽子外，还有悬艾叶、挂菖蒲，喝菖蒲酒、雄黄酒等习俗，这些均为辟邪、消灾、防病之举。宋代诗人戴复古《扬州端午呈赵师》云："榴花角黍斗新时，今日谁家不酒樽。堪笑江湖阻风客，却随蒿艾上朱门。"朱松《重五》诗云："异乡逢五节，卧病此衰翁。竹筒并新紫，榴花开小红。山深人寂寂，气润雨潇潇。煮酒无寻处，菖蒲在水中。"元代舒頔《小重山·端阳》词："碧艾香蒲处处忙，谁家儿共女，庆端阳。细缠五色臂丝长，空惆怅，谁复吊沅湘。"

以及无名氏《喜春来·端午》词："垂门艾挂狰狰虎。竞水舟飞两两凫。浴兰汤、斟绿酒、泛香蒲，五月五。谁悼楚三闾。"均写端午节家家户户插艾叶、饮菖蒲酒和洗兰草浴的习俗，诗句自然流畅，把节日气氛烘托得活跃多彩。

端午节饮菖蒲酒之俗在宋代前已见流行，因菖蒲有蒲类之昌盛者之誉，据说令人长生，故文人墨客对它的吟咏才带有几许轻松。明代诗人瞿佑《菖蒲酒》诗云："采得灵根傍藕塘，只因佳节届端阳。金刀细切传千手，玉斝轻浮送异香。厨荐鲥鱼冰作脍，盘共角黍蔗为浆。同时节物充筵会，纵饮何妨入醉乡。"佳节来临之际，在塘边采得菖蒲，将其切碎泡成菖蒲酒，并以鲜鱼、香粽佐之，于节日开怀畅饮，是何等乐事啊！菖蒲在大江南北还是端午的镇物，信能却鬼退魅。顾禄《清嘉录》卷五载："截蓬为剑，割蓬为鞭，副以桃梗、蒜头，悬于床户，皆以却鬼。"端午节时，人们将菖蒲用于悬饰门户，以镇守宅室，除虫避凶，祈得仲夏的安宁。门上还要贴上用黄纸写的对联，联云："艾旗迎百福，蒲剑斩千邪！"

节日诗词

减字木兰花·竞渡

［宋］黄　裳

红旗高举，飞出深深杨柳渚[①]。
鼓击春雷，直破烟波远远回。
欢声震地，惊退万人争战气[②]。
金碧楼西[③]，衔得锦标第一归[④]。

【注释】

①渚：水中间的小块陆地。

②争战气：竞争夺标的英雄气概。

③金碧：形容建筑物华丽、光彩夺目。

④ 锦标：是高竿上悬挂的给予竞渡优胜者的赏物。《东京梦华录》卷七《驾幸临水殿观争标锡宴》条："军校执一竿，上挂以锦彩银碗之类谓之'标竿'，插在近殿水中。又见旗招之，则两行舟鸣鼓并进，捷者得标。"

【今译】

红旗高举，龙舟从杨柳深深岸边飞出。
鼓声如雷，龙舟冲破烟波再远处转回。
欢声震地，他们的勇气足以惊退万人。
金碧楼西，他们衔得锦标第一个归来。

【鉴赏】

黄裳的这首词以龙舟竞渡为题材，颇具历史价值。相传伟大诗人屈原农历五月初五这一天投汨罗江自杀，人民为了纪念他，每逢端午节，常举行竞渡，象征抢救屈原生命，以表达对爱国诗人的尊敬和怀念。这一活动，后来成为民间的一种风俗。《荆楚岁时记》已有关于竞渡的记载。宋代耐得翁《都城纪胜》

一书，专门记载南宋京城杭州的各种情况，其“舟船”条有云：“西湖春中，浙江秋中，皆有龙舟争标，轻捷可观。”龙舟竞渡时，船上有人高举红旗，还有人擂鼓，鼓舞划船人的士气，以增加竞渡的热烈气氛，本篇就是描写龙舟竞渡夺标的实况。

上阕写竞渡。比赛开始，“红旗高举，飞出深深杨柳渚”。一群红旗高举的龙舟，从柳阴深处的小洲边飞驶而出。“飞出”二字用得生动形象，令人仿佛可以看到群舟竞发的实况，这时各条船上的鼓手都奋力击鼓，鼓声犹如春雷轰鸣。龙舟冲破浩渺烟波，向前飞驶，再从远处转回。“直破烟波远远回”句中的“直破”二字写出了船的凌厉前进的气势。下阕写夺标。一条龙舟首先到达终点，“欢声震地”，岸上发出了一片震地的欢呼声，健儿们争战夺标的英雄气概，简直使千万人为之惊骇退避。“金碧楼西，衔得锦标第一归”，锦标，是高竿上悬挂的给予竞渡优胜者的赏物。“衔”是龙舟的龙形生发出来的字眼，饶有情趣。

此词采取白描手法，注意通过色彩、声音来刻画竞渡夺标的热烈紧张气氛。同时，词还反映了人们热烈紧张的精神状态。龙舟飞驶，鼓击春雷，这是写参与竞渡者的紧张行动和英雄气概。欢声震地，是写群众的热烈情绪。衔标而归，是写胜利健儿充满喜悦的形象与心情。如此一来真实地再现了当日龙舟竞渡、观者如云的情景。

诗词故事

龙舟争渡夺锦标

赛龙舟是端午节的传统节目，《荆楚岁时记》已有关于端午节舟楫竞渡的记载。有的人认为赛龙舟是为了纪念屈原，但同时它又是一项具有激烈竞争性的体育赛事。

赛龙舟以夺得锦标为获胜的标志，组织者会颁发奖赏。许多诗人都描写过竞渡夺标的生动场面，所谓“标”，即高竿上悬挂的给予竞渡优胜者的赏物。后来的“锦标”、“夺标”均出于此。白居易《和春深》“齐桡争渡处，一匹锦标斜”，说的就是“锦标”。张建封《竞渡歌》曾细致地描写了竞渡夺标的紧张场面：“鼓声三下红旗开，两龙跃出浮水来。棹影斡波飞万剑，鼓声劈浪鸣千雷。鼓声渐急标将近，两龙望标目如瞬。坡上人呼霹雳惊，竿头挂彩虹霓晕。前船抢水已得标，后船失势空运桡。”“红旗”渲染了热烈的竞争气氛，锣鼓喧天，两岸观战的人群呐喊助威，“鼓声渐急标将近，两龙望标目如瞬”，你追我赶，竞争十分激烈。五代花蕊夫人《宫词》也写道：“第一锦标谁夺得，右军输却小龙船。”南宋耐得翁《都城纪胜》“舟船”条记载：“西湖春中，浙江秋中，皆有龙舟争标，轻捷可观。”所谓“龙舟争标”就是争夺锦标。杨万里《观竞渡》诗云：“银碗锦标夸胜捷，画桡绣臂照江湖。”黄裳《减字木兰花·竞渡》描写南宋时龙舟竞渡夺标的实况，十分精彩：龙舟竞渡时，船上有人高举红旗，还有人擂鼓，鼓舞划船人的士气，以增加竞渡的热烈气氛，“金碧楼西，衔得锦标第一归”，夺标人扬扬得意的神情如在目前。

王定保《唐摭言》卷三记载着一个故事，也很有趣：“晚唐时，同一郡县的贫寒之士卢肇和富豪子弟黄颇都很有名望，两人同时赴长安参加科举考试，当地许多官员都为黄颇饯行,却不理睬卢肇。转年卢肇考中状元衣锦还乡,地方各级官员群起迎接,百般逢迎。正赶上观看龙舟竞渡,卢肇在宴席上赋诗:‘向道是龙人不信,果然夺得锦标归!’”这是一语双关,借以讽刺那些势利的官员。

节日诗词

临江仙

［宋］陈与义

高咏《楚辞》酬午日[①]，天涯节序匆匆[②]。
榴花不似舞裙红[③]，无人知此意，歌罢满帘风。

万事一身伤老矣，戎葵凝笑墙东[④]。
酒杯深浅去年同，试浇桥下水[⑤]，今夕到湘中。

【注释】

①楚辞：一种文学体裁，也是骚体类文章的总集，这里代指屈原的作品。酬：过，排遣。午日：端午

节，阴历五月五日，有人认为是为纪念屈原而设。

② 节序：节令。

③“榴花”句：言舞裙比石榴更红。这是怀念昔时升平岁月之意。

④ 戎葵：蜀葵，花开五色，似木槿。墙东：葵花有向太阳的习性。

⑤ 浇桥下水：把酒倒入江水中，是祭奠的动作，表示对屈原的凭吊。

【今译】

我高咏着《楚辞》度过端午节，
人在天涯，节序匆匆而过。
石榴花不似舞裙那般火红，
没有人能够知道我的心意，
一曲唱罢，只有满帘清风。

经历事太多，如今人已老，
蜀葵犹然灿烂在墙东微笑。
杯中之酒深浅与去年相同，

端起酒杯且浇于桥下水中，

希望它今夕能够流到湘中。

【鉴赏】

此词作于建炎三年(1129)。这一年，陈与义流寓湖南、湖北一带。端午节时，词人写了这首词凭吊屈原，直抒迟暮的悲怀和忧国的情思。

词一开头，一语惊人。“高咏《楚辞》”，透露了在节日中的感伤心绪和壮阔胸襟，屈原的高洁品格给词人以激励，他高昂地吟诵《楚辞》，深感流落天涯之苦，节序匆匆，自己却报国无门。陈与义在两湖间流离之际，面对现实回想过去，产生无穷的感触，他以互相映衬的笔法，抒写“榴花不似舞裙红”，用鲜艳灿烂的榴花比鲜红的舞裙，回忆过去春风得意、籍籍声名时的情景。但是，“无人知此意，歌罢满帘风”，有谁能理解他此刻的心情呢？高歌《楚辞》之后，满帘生风，其慷慨悲壮之情，是可以想象的，但更加突出了作者的痛苦心情。

词的下阕，基调更为深沉。“万事一身伤老矣”，一声长叹，包含了作者对家国离乱、个人身世的多少感慨之情！人老了，一切欢娱都已成往事。“戎葵凝笑墙东”句，是借蜀葵向太阳的属性来喻自己始终如一的爱国思想。墙边五月的葵花，迎着东方的太阳开颜。“戎葵”与“榴花”，都是五月的象征，词人用此来映衬自己旷达豪荡的情怀。这“凝笑”二字，正是词人自己的心灵写照，具有强烈的艺术感染力。最后三句写此时此刻的心情。满腔豪情，倾注于对屈原的怀念之中。末句写词人浇酒于桥下水中，凭吊爱国诗人屈原，将自己的无限心事、爱国之情都倾注于这祭奠之酒中了，有千古一哭的知遇之情，可谓言浅而意深。

我们从对“天涯节序匆匆”的惋惜声中，从对“万事一身伤老矣”的浩叹中，从对“酒杯深浅去年同”的追忆里，可以领略到词人“隐然眉睫间”的豪放的悲壮情调。

诗词故事

节分端午悼屈原

端午节凭吊屈原，已有悠久的历史。尽管端午节

的来源有不同说法，但是每逢端午祭奠屈原却是千百年来延续不断的事实。屈原的高尚人格和炽热的爱国之情激励着后世为民族复兴、国家昌盛而不懈奋斗。

端午节纪念屈原，在端午诗词中多有反映。唐代文秀《端午》诗云："节分端午自谁言，万古传闻为屈原。堪笑楚江空渺渺，不能洗得直臣冤。"宋代梅尧臣《五月五日》："屈氏已沉死，楚人哀不容。何尝奈谗谤，徒欲却蛟龙。未泯生前恨，而追没后踪。沅湘碧潭水，应自照千峰。"他们在追怀屈原时，也为屈原的冤屈鸣不平。

宋代张栻《念奴娇·重午》："三闾何在，把《离骚》细读，几番击节。蘅蕙椒兰纷江渚，较以艾萧终别。清浊同流，醉醒一梦，此恨谁能说。忠魂耿耿，秪凭天辨优劣。须信千古湘流，练丝缠黍，端为英雄设。堪笑儿童浮菖歜，悲愤翻为喜悦。三叹灵均竟罹谗网，我独中情切。熏风聪户，榴花知为谁裂。"在端午节，词人重读《离骚》，不禁为屈原高洁的品行击节赞叹，他说的"须信千古湘流，练丝缠黍，端为英雄设"中的"英雄"，也就是屈原。

节日诗词

贺新郎·端午

［宋］刘克庄

深院榴花吐。画帘开、练衣纨扇[1]，午风清暑。

儿女纷纷夸结束[2]，新样钗符艾虎[3]。

早已有游人观渡[4]。老大逢场慵作戏，

任陌头、年少争旗鼓，溪雨急，浪花舞。

灵均标致高如许[5]。忆生平、既纫兰佩[6]，更怀椒醑[7]。

谁信骚魂千载后[8]，波底垂涎角黍[9]，又说是、蛟馋龙怒[10]。

把似而今醒到了[11]，料当年、醉死差无苦。聊一笑、吊千古。

【注释】

① 练衣：葛布衣，指平民衣着。

② 结束：妆束、打扮。

③ 钗符：端午节，妇女用于避邪而插在头发上的护符。《抱朴子》："五月五日剪采作小符，缀髻鬓为钗头符。"艾虎：端午节，人们为了辟邪而悬挂于门上的艾草老虎。《荆门记》："午节人皆采艾为虎为人，挂于门以辟邪气。"

④ 观渡：观看端午节的龙舟竞渡。《荆楚岁时记》："五月五日竞渡，俗为屈原投汨罗日，人伤其死，故命舟楫拯之。"

⑤ 灵均：屈原字灵均。标致：高尚的风格。

⑥ 纫兰佩：联缀秋兰而佩于身。屈原《离骚》："纫秋兰以为佩。"

⑦ 椒醑(xù)：用于祭神的香料和美酒。椒：香

物，用以降神；醑：美酒，用以祭神。

⑧ 骚魂：即屈原的魂灵。因其所作《离骚》最为著名，故称。

⑨ 角黍：粽子。

⑩ 蛟馋龙怒：南朝梁吴均《续齐谐记》说："屈原五月五日投汨罗而死，楚人哀之，每至此日竹筒贮米，投水祭之。汉建武中，长沙人区曲白日忽见一人，自称三闾大夫，谓曰：'君当见祭，甚善。但常所遗，苦为蛟龙所窃。今若所惠，可以楝树叶塞其上，以五彩丝缚之。此二物蛟龙所惮也。'曲依其言。世人作粽并带五色丝及楝叶，皆汨罗之遗风也。"

⑪ "把似"句：把似：假使。假如屈原而今醒过来。

【今译】

幽深的院落，榴花吐出火红的花瓣，
拉开窗帘，身着粗布衣，手持团扇，
清风扑面而来，驱走了正午的暑热。
年轻人正议论纷纷夸耀自身的装束，

插着新式钗头符，门上悬挂着艾虎。
江岸游人如潮，早早前来观看赛船。
我年纪已大，懒得逢场作戏凑热闹，
任凭年轻人在田间岸边去摇旗击鼓，
荡起溪水浪花四溅，龙舟急流如飞。

屈原的爱国情操如此高尚令人敬佩，
他的一生不断的追求具有美好品德。
谁会相信屈原在自沉江底的千年后，
竟会垂涎粽子，还诡称蛟龙会偷吃。
假如他如今醒来，看人往江中投粽，
还不如当年醉死，就能少许多苦恼。
我权且以此笑谈，把千古冤魂凭吊。

【鉴赏】

这是一首吟咏端午节的节令词。上阕写时令特点和节日的场景与气氛。写出了民间过端午节的热闹场面。词人以局外人的视角静观年轻人的端午活动，“老大逢场慵作戏”句，表现了作者慵懒的情绪，亦隐含了作者不同流俗的品格。

下阕是对屈原的缅怀。先赞屈原的高尚品德：纫兰佩、怀椒醑，不同流俗。又以辛辣的笔调批判投粽子于江中以飨屈原的遗习。粽子本是端午节的传统食品，后来有人把屈原沉江附会上去，形成端午节往江中投粽子的习俗。南朝梁人吴均《续齐谐记》说："屈原五月五日投汨罗而死，楚人哀之，每至此日竹筒贮米，投水祭之。汉建武中，长沙人区曲白日忽见一人，自称三闾大夫，谓曰：'君当见祭，甚善。但常所遗，苦为蛟龙所窃。今若所惠，可以楝树叶塞其上，以五彩丝缚之。此二物蛟龙所惮也。'曲依其言。世人作粽并带五色丝及楝叶，皆汨罗之遗风也。"刘克庄对这种说法是反对的，他认为这种习俗简直是对屈原的侮辱。尤其长沙人区曲见屈原的传说更为荒唐。在这个传说中，屈原的形象无疑受到极大损伤，这也是刘克庄不能容忍的地方。而《续齐谐记》中可能也顾忌到这点，所以说，长沙人区曲遇到的那个人"自称三闾大夫"。既然是"自称"，也就意味着未必就是真的。这是传说留有余地的地方。末尾以"聊一笑，吊千古"

再回到凭吊屈原上来。

刘克庄一生关心国事，想有作为，不意却仕途坎坷，本对现实不满，借此词凭吊屈原，亦抒发了自己的忧愤。

诗词故事

粽子千古传芬芳

端午节吃粽子，在魏晋时代已经很盛行。粽子在古代又称“角黍”。“粽”字本作“糉”，《说文新附·米部》谓：“糉，芦叶裹米也。从米，㚇声。”《说文·夂》：“㚇，敛足也。”义为鸟飞时收敛腿爪。《集韵·送韵》：“糉，角黍也。或作粽。”可见，我们祖先最初的粽子就取像鸟飞时将爪收敛起来的样子将米包裹起来。西晋周处《岳阳风土记》中记载：“俗以菰叶裹黍米，……煮之，合烂熟，于五月五日至夏至啖之，一名粽，一名黍。”可见这种食品从端午一直吃到夏至。粽子又叫“筒粽”，那是因为用竹筒盛米煮成。

粽子是端午的节令食品，历代诗人留下了许多脍炙人口的歌咏粽子的佳句。唐代诗人郑谷在《咏端午》诗中说“渚闹渔歌响，风和解粽香”，描写的是渔民欢度端午的热闹场面。唐代日本与我国交往甚密，他们的使者将端午吃粽的习俗也带回了日本，当时曾留下了“端午榴花照眼明，村庄儿女啖香粽”的诗句。到了端午节，欧阳修《渔家傲》写道“五色新丝缠角粽。金盘送”，拿了金盘，给大家分送粽子。

“角黍”、“菖蒲”是端午诗词中时常出现的词语。如宋代黄裳《喜迁莺·端午》：“角黍包金，香蒲切玉，是处玳筵罗列。”赵长卿《一斛珠·重午》：“淡妆浓抹，西湖人面两奇绝，菖蒲角黍家家节，水戏鱼龙，十里画帘揭。凌波无限生尘袜，冰肌莹彻香罗雪，游船且莫催归楫，遮莫黄昏，天外有新月。”陆游《乙卯重五诗》：“重五山村好，榴花忽已繁。粽包分两髻，艾束著危冠。旧俗方储药，羸躯亦点丹。日斜吾事毕，一笑向杯盘。”这首五律具体描写了南宋在端午节这天的生活习惯。作者吃了两角的粽子，高冠上插着艾枝。依旧俗，又忙着储药、配药方，为的是这一年能平安无病。到了晚上，他身心愉快地喝起酒来。

节日诗词

澡兰香·淮安重午[①]

［宋］吴文英

盘丝系腕[②]，巧篆垂簪[③]，玉隐绀纱睡觉[④]。
银瓶露井[⑤]，彩箑云窗[⑥]，往事少年依约。
为当时、曾写榴裙[⑦]，伤心红绡褪萼[⑧]。
黍梦光阴[⑨]，渐老汀洲烟蒻[⑩]。

莫唱江南古调，怨柳难招[⑪]，楚江沉魄[⑫]。
薰风燕乳[⑬]，暗雨梅黄，午镜澡兰帘幕[⑭]。
念秦楼[⑮]、也拟人归，应剪菖蒲自酌[⑯]。
但怅望、一缕新蟾[⑰]，随人天角。

【注释】

① 澡兰香：吴文英创调。淮安：在今江苏。

② 盘丝系腕：腕上系五色丝线以避邪。

③ 巧篆：指以篆文书写的咒语符篆戴在头上，以避邪驱疫。精巧剪纸，妆饰于头发簪上。

④ 玉隐绀纱睡觉：玉人隐在天青色纱帐中睡觉。绀纱：指天青色纱帐。

⑤ 银瓶：汲水器。此处指酒器。语出杜甫《少年行》"指点银瓶索酒尝"，此句化用其意。

⑥ 采箑(jié)：彩扇。指歌舞。云窗：雕饰云纹的窗子。

⑦ 写榴裙：是指在红色裙上题诗。《宋书·羊欣传》载，书法家王献之到羊欣家，羊着新绢裙午睡，献之在裙上书写数幅而去。

⑧ 红绡褪萼：石榴花瓣落后留下花萼。

⑨ 黍梦：黄粱梦，典出唐沈既济的《枕中记》。作者将黄粱改为角黍(即粽子)，是为了应合端午节的风俗。

⑩ 汀洲：水中的陆地。烟蒻(ruò)：柔弱蒲草。

⑪ 怨柳：哀怨的杨柳曲调。

⑫ 楚江沉魄：指投入楚江的屈原。

⑬ 燕乳：雏燕。

⑭ 午镜：端午节中午所铸的镜子，古时认为能避邪。澡兰：五月五日，煮兰水沐浴。所以端午节也称浴兰节。

⑮ 秦楼：春秋时秦穆公的女儿弄玉嫁与萧史，萧史教弄玉吹箫，引来凤凰。穆公筑凤台，后遂传为秦楼。二人居楼上数年，乘凤离去。后人用此典喻指神仙居所。此句中喻指词人家眷的苏州西园旧居。秦穆公女弄玉，与萧史吹箫引凤，穆公为之筑，

⑯ 应剪菖蒲：端午剪菖蒲浸酒，以避邪气。

⑰ 新蟾：新月。

【今译】

五彩丝带系在她的腕间，
发簪下垂戴着避邪篆符，
她沉睡在青色的纱帐中。
在花下摆好欢乐的酒宴，

在窗前轻轻挥舞着彩扇。
少年时往事仍依稀记得，
当初我曾题诗石榴裙上，
而如今石榴花正在残败。
如梦一般的光阴已逝去，
沙洲上蒲草渐老空摇曳。

请不要再唱那江南古曲，
曲调哀怨也难招屈原魂。
和煦南风里燕子生新雏，
绵绵阴雨中梅子已泛黄，
伊人也许正对着百炼镜，
在帷幕里正用兰汤沐浴。
想必她也思念我们旧情，
剪下菖蒲浸酒自斟自饮。
只是我独自望一轮明月，
能随意中人到天涯海边。

【鉴赏】

这首词，从内容来看是怀念作者的一位能歌善舞的姬妾。此时他客居淮安(今属江苏)，正值端午佳节，不免思念家中的亲人，于是写了这首词。

词写于端午节，所以其中以端午的天气、习俗作为线索贯串所叙之事和所抒之情。

上阕回忆往事。“盘丝系腕，巧篆垂簪，玉隐绀纱睡觉。”三句均为倒装句，从追忆往昔写起：过去每逢端午佳节这位冰肌玉肤的人儿总要早早推帐揽衣而起，准备好应节的饰物，打扮停当，欢度佳节。这里颠倒叙述次序，意在强调题面之“重午”。“银瓶”三句连用四个有色彩感的美丽事物，极精当地描绘出昔日的欢会，或在花前树下，或在华堂之中，环境固然美好，人亦年轻风流。“为当时、曾写榴裙，伤心红绡褪萼。”“写裙”用《宋书·羊欣传》典。这故事反映出南朝士人洒脱的性格，词人用来表现他和姬人的爱情生活。词人见窗外榴花将谢，由榴花想到石榴裙，于是自然忆起在姬人裙上书写的韵事。石榴花谢，人分两地，乐事难再，不由得让人伤感。“黍梦光阴，渐老汀洲烟蒻”，此二句言时光易逝，盛衰无常，连烟都要变老，何况石榴花呢？因此，从景物的衰败中以见人事的变迁。

“莫唱江南古调，怨抑难招，楚江沉魄。”这句自然联想到了和端午节有关的典故。端午节是纪念屈原的，后逢此节日便唱为他招魂的歌曲。上阕作者已沉浸在青春易逝的哀伤中，所以不忍再听招魂之曲。

“薰风燕乳，暗雨梅黄，午镜澡兰帘幕。”前两句以景物烘托时令。燕子春末夏初生雏，五月梅子黄，梅熟时雨曰黄梅雨。作者看到家家帘幕低垂而引起午镜澡兰的联想，他想自己所思念的人这时也正在洗浴吧。此句又转回到端午，引出下两句：“念秦楼、也拟人归，应剪菖蒲自酌。”这两句写思念之深，不禁设想姬人也在思念自己，她一边独酌，一边盘算着我何时才能归来，这真是一幅逼真的思妇图。“但怅望、一缕新蟾，随人天角。”“新蟾”指新月，照应端午。这两句说她的等待也是徒然。她只能同我一样望着天边的新月，苦苦相思吧！

诗词故事

端午日洗浴兰汤

用兰汤洗浴是古代端午习俗。汉代《大戴礼》云："午日以兰汤沐浴。"当时的兰不是现在的兰花，而是菊科的佩兰，有香气，可煎水沐浴。《九歌·云中君》有"浴兰汤会沭芳"之句。《荆楚岁时记》："五月五日，谓之浴兰节。"《五杂俎》记明代人因为"兰汤不可得，则以午时取五色草拂而浴之"。后来一般是煎蒲、艾等香草沐浴。

古代端午诗词中可以看到这种端午习俗，但是以宋朝的为多，如晏殊《端午词·御阁》："沐浴兰汤在此辰，内园仙境物华新。"欧阳修《端午帖子词》："嘉辰共喜沐兰汤，毒沴何须采艾禳。"这是他们作为朝廷大臣而享受的恩赐。在平时生活中，端午沐兰汤也是他们端午诗词中重要内容，欧阳修《渔家傲》是首端午词，词中写道："正是浴兰时节动，菖蒲酒美清尊共。"苏轼《浣溪沙·端午》词云："轻汗微微透碧纨，明朝端午浴芳兰。流香涨腻满晴川。彩线轻缠红玉臂，小符斜挂绿云鬟。佳人相见一千年。”连文凤《端午》诗云:“相传楚俗试兰汤,一枕南薰日正长。门掩绿阴无个事,起来烧过午时香。”

根据端午节沐兰汤习俗,吴文英首创《澡兰香》词牌,词中“午镜澡兰帘幕”句,正是该词牌取名的根据。

端 午

［唐］文 秀[①]

节分端午自谁言，万古传闻为屈原[②]。
堪笑楚江空渺渺[③]，不能洗得直臣冤[④]。

【注释】

① 文秀：唐末京都长安诗僧。生卒年及姓氏字号均不详，大约公元885年前后在世，江南（今长江中下游地区）人。

② 屈原：我国最早的浪漫主义诗人、战国时期楚国政治家。

③ 楚江：楚国境内的江河，此处指汨罗江。渺渺：水势浩大的样子。

④ 直臣：正直之臣。这里指屈原。

和端午

[宋]张 耒[1]

竞渡深悲千载冤[2]，忠魂一去讵能还[3]。
国亡身殒今何有[4]，只留《离骚》在世间。

【注释】

① 张耒(1054—1114)：字文潜，号柯山，人称宛丘先生，谯郡(今安徽亳州)人。"苏门四学士"之一。

② 竞渡：赛龙舟。

③ 讵(jù)：不；莫。

④ 殒：死亡。

喜迁莺·端午泛湖[1]

[宋]黄 裳[2]

梅霖初歇，乍绛蕊海榴，争开时节[3]。角黍包金，香蒲切玉，是处玳筵罗列[4]。斗巧尽输少年，玉腕彩丝双结[5]。舣彩舫，看龙舟两两[6]，波心齐发。

奇绝。难画处，激起浪花，飞作湖间雪。画鼓喧雷，红旗闪电，夺罢锦标方彻⑦。望中水天日暮，犹见朱帘高揭⑧。归棹晚，载荷花十里，一钩新月⑨。

【注释】

① 喜迁莺：词牌名。又名《鹤冲天》、《万年枝》、《春光好》、《喜迁莺令》等。

② 黄裳(1044—1130)：字冕仲，号演山，延平(今福建南平)人。

③ 梅霖：梅雨。这三句意谓，梅雨刚刚停歇，正是深红色的石榴花争开的时节。

④ 角黍：粽子，因以芦叶裹成角状，故名。晋周处《风土记》："仲夏端午，烹鹜角黍。"香蒲：草名，可供食用。金玉：极言其精致、珍贵。玳筵：以玳瑁装饰坐具的宴席。

⑤ 斗巧：比赛技巧。南朝梁代宗懔《荆楚岁时记》载："五月五日，四民并踏百草，又有斗百草之戏。"玉腕：雪白的手腕，指代女子。彩丝双结：把彩丝连

结在手腕上。《荆楚岁时记》:“以五彩丝系臂,名曰辟兵,令人不病瘟。”两句意谓青年男女用五彩丝缠了手臂在一起斗草游戏。

⑥ 舣彩舫:把彩船停靠在岸边,舣船拢岸。两两:一双双,一对对。

⑦ 喧雷:喧响声如雷。方彻:才完结。

⑧ 高揭:高高掀起,指日暮仍有人观竞渡。

⑨ 钩:形容新月如钩。

扬州端午呈赵帅

[宋] 戴复古①

榴花角黍斗时新②,今日谁家不酒樽?
堪笑江湖阻风客,却随蒿艾上朱门③。

【注释】

① 戴复古(约 1167—1248):南宋著名的江湖派诗人。字式之。尝居南塘石屏山,故自号石屏。天台黄岩(今属浙江台州)人。

② 榴花：石榴花。角黍：粽子的古称。

③ 朱门：指富贵人家。“堪笑”两句是说，人们已经离开家门去外边谋生了，往往不能够回家来团圆，只能在那些富贵人家里做个清客了。

午日观竞渡[①]

［明］边　贡[②]

共骇群龙水上游，不知原是木兰舟[③]。
云旗猎猎翻青汉[④]，雷鼓嘈嘈殷碧流[⑤]。
屈子冤魂终古在，楚乡遗俗至今留。
江亭暇日堪高会[⑥]，醉讽《离骚》不解愁。

【注释】

① 午日：即端午。

② 边贡(1476—1532)：字庭实，历城(今山东济南市)人。因家居华泉附近，自号华泉子。明代著名诗人、文学家，“前七子”之一。与李梦阳、何景明、徐祯卿齐名，时称“四杰”。

③ 木兰舟：船的美称。

④ 云旗：画有熊虎图案的大旗。青汉：高空。

⑤ 殷(yǐn)：震动。

⑥ 堪：能够。高会：大规模的聚会。

台湾竹枝词[1]

［清］钱　琦[2]

竞渡齐登杉板船[3]，布标悬处捷争先。

归来落日斜檐下，笑指榕枝艾叶鲜[4]。

【注释】

① 竹枝词：词牌名，又名《巴渝辞》。其最初是唐代刘禹锡等将一些生活民歌演变为七言四句的新诗体。元明以后，竹枝词发展成专门描写风土时尚、以纪事为主的诗体。清代更为盛行，不仅记述风土、写风俗流变，且内容日趋丰富，有的描写名胜古迹，有的讥讽时俗流弊，有的甚至评述时事政治，但仍以叙事为主，涉及社会生活的方方面面，为我们留下了那个

时代人们的生存状态和时尚风貌。到了清代末年，出现了“北京竹枝词”、“苏州竹枝词”、“台湾竹枝词”等。

② 钱琦：字相人，号屿沙，浙江人，清朝官员，他于1751年担任巡台御史。

③ 竞渡：划龙船比赛。

④ 榕枝：榕树枝。民间传说插榕枝可使身体矫健。